16	3	2	13
5	10	11	8
9	6	7	12
4	15	14	1

MARCELO MIRISOLA

COMO SE ME FUMASSE

editora 34

EDITORA 34

Editora 34 Ltda.
Rua Hungria, 592 Jardim Europa CEP 01455-000
São Paulo - SP Brasil Tel/Fax (11) 3811-6777 www.editora34.com.br

Copyright © Editora 34 Ltda., 2017
Como se me fumasse © Marcelo Mirisola, 2017

A FOTOCÓPIA DE QUALQUER FOLHA DESTE LIVRO É ILEGAL E CONFIGURA UMA
APROPRIAÇÃO INDEVIDA DOS DIREITOS INTELECTUAIS E PATRIMONIAIS DO AUTOR.

Capa, projeto gráfico e editoração eletrônica:
Bracher & Malta Produção Gráfica
Revisão:
Beatriz de Freitas Moreira

1ª Edição - 2017

CIP - Brasil. Catalogação-na-Fonte
(Sindicato Nacional dos Editores de Livros, RJ, Brasil)

      Mirisola, Marcelo, 1966
M788c   Como se me fumasse / Marcelo Mirisola —
São Paulo: Editora 34, 2017 (1ª Edição).
176 p.

ISBN 978-85-7326-679-5

      1. Ficção brasileira. 2. Romance.
I. Título.

CDD - B869.3

COMO SE ME FUMASSE

Saudades, mãe,
este livro é para você.

"Bién lo sé que no vendrá. Pero la espero igual."

Juan Carlos Onetti
a partir do tango "No vendrá", de Enrique Cadicamo

1

— Sólo hay una solución — aconselhou-me o garçom depois de eu ter pedido a sexta dose de uísque: — Te diriges a ese hombre, el Mago.

Não bastasse ter adivinhado meu pensamento, sacou da algibeira o cartão que indicava nada mais, nada menos que "Dom Juanito, o mago das celebridades — atende nacional e internacional".

Achei natural. Como se ele tivesse riscado um fósforo num filme antigo. Para logo em seguida acender o cigarro de um Vicente Celestino coberto de opróbrios e com fratura exposta de cornos, eu mesmo. Tudo é natural depois da quinta dose de uísque, até mesmo o fato de eu ter tragado um cigarro invisível apesar de nunca ter fumado na vida: "Te diriges a ese hombre, el Mago".

Mais uma dose de uísque, a fumaça de um cigarro invisível ou um lenitivo qualquer (natural ou sobrenatural) para a dor de corno que sentia ou deveras fingia cinematograficamente sentir. Eu precisava disso.

Pepe ou Pepito, o garçom paraguaio, sempre tinha a solução e as doses perfeitas para os fregueses mais cornos, fodidos e mal pagos: "el mago de las celebridades".

Sem contar que a palavra "atende" no lugar de "atendimento" havia me deixado completamente à vontade: ou seja, a disposição de estar errado no lugar certo (e vice-versa) é o resumo da minha vida, a magia de dom Juanito aliada à solicitude de Pepito começava a surtir efeito.

Mezzo ditador africano, *mezzo* psicanalista argentino, dom Juanito entrou de sola. Objetivo e fleumático, sentenciou:

"Sai fora, ela é maluca. Louca, vai ser sua ruína. Esquece. Ela te engole. Você vai ser ridicularizado pelos seus amigos, ela vai trair você. Lembra da última traição? Sabe por que não lembra? Porque você se acostumou, e isso não pode acontecer outra vez. Outro não teria perdoado, mas você sempre perdoa. Você não pode com ela. Ela abusa de suas fraquezas, essa mulher não presta. Ela é sua ruína. E ela vai te procurar. Não tem chance, a menos que ela seja sua escrava. Nesse caso, você teria que transformar a vida dela, e a sua também, num inferno. Mas ela nunca vai ser sua escrava. Parece que não entra na sua cabeça, então vou repetir: roubada, sai fora, esquece. Ela vai destruir você, vai acabar com você. Ela é sua ruína. Tira essa mulher da cabeça."

Agora é que não esqueço. Não bastasse ela, tem ele. A lembrança dela puxa ele. Parecem siameses. Quando me lembro dela é dele que lembro: "vai ser sua ruína, esquece".

Mais do que a objetividade, a fleuma do Mago foi o que me assustou. Curiosamente também me recordava dela assim: enfática, fleumática e objetiva.

Ela trai, eu perdoo. Ela diz que vem, e não aparece. Mente, eu acredito. A filhadaputa tem o poder de transformar o remoer do tempo em casualidades domésticas. Ela trata nossa história como se fosse mais uma banalidade em sua vida, e deve ser. Isso me irrita profundamente. E atordoa. Bastam duas mentiras e um sorriso para que seis anos de ausência se transformem em qualquer desculpa esfarrapada, nada mais que duas mentiras e um sorriso para que o inferno comece outra vez.

Quando aparece é pela metade. E é para sempre.

E foi assim. Ela adquiriu uma papadinha charmosíssima, perdeu algumas curvas e teve de recorrer a um implante capilar parcelado em dez vezes no cartão de crédito — que ficou muito bom, diga-se de passagem. Aparentemente não é mais aquela porra-louca de seis anos atrás, embora conserve o mesmo beijo, o sotaque "mano" importado de Itaquera que eu abomino e adoro ao mesmo tempo, e um cinismo que parece que saiu de dentro de mim, como se a fadiga do material ou aquilo que os místicos chamam de maturidade a transformasse numa mulher ainda mais encantadora e irresistível. Quer dizer, irresistível aos meus olhos. Dom Juanito pensa, sente, vê adiante e julga muito diferente: "ela é sua ruína".

Às vezes acho que um roteirista sádico especializado em mortos-vivos escreveu nossa história. O cara merecia vários Oscars de efeitos especiais pelos loopings-zumbis que inventou. A técnica consiste em distorcer minhas melhores lembranças e os mais ingênuos momentos e transformá-los em rituais macabros e doentios, obsessões infernais e avalanches de *déjà-vu* incontroláveis.

Bem...

Depois de seis anos o interfone toca. Era ela. Escolheu o dia seguinte. Um dia antes eu havia enterrado mamãe. Foi Joana — minha namorada — quem atendeu o interfone. Impossível convidá-la para subir. Desci.

— Você?

— Tava passando aqui.

— Tudo bem?

Contei do enterro, e da namorada que me esperava no apartamento. Ela desfilou banalidades como se a morte de mamãe e o fato de eu ter uma namorada lá em cima não significassem grande coisa, falou evidentemente da filha e de sua vidinha de periferia que, agora, incluía um shopping perto de casa. Abriu a bolsa à procura do maço de cigarros. Aos meus olhos — repito — continuava a sedutora e vinte anos mais nova de sempre. Eu lhe digo que o mundo perdeu o sentido:

— Perdeu?

Que não tenho mais por que nem para quem escrever. Que se eu estivesse à deriva, estaria tudo bem, mas o fato — explico: — é que, depois de ter enterrado mamãe, pertenço mais ao lado de lá, do que "do nosso lado". Escolhi um lado. Também morri. Quando disse que tive vontade de me jogar na sepultura e ir junto, ela não aguentou:

— (e riu)

Freud e Nelson Rodrigues na cabeça, cercados do primeiro ao quinto.

Nota. Uma vez ela me acusou de não entender nada de jogo do bicho, disse que mauricinho que perdeu o cabaço com as empregadinhas da mamãe devia ser proibido de jogar no bicho.

Mamãe coberta de flores amarelas no caixão. Eu falava que Freud e Nelson Rodrigues estavam me açoitando junto a milhares de lugares-comuns. Que continuar, agora, seria redundância.

— Freud e Nelson Rodrigues açoitando você? — sorriso lindo da filha da puta, que acende um cigarro. Ela tem esse dom, de sorrir e acender o cigarro ao mesmo tempo.

Ruína sabia que não era bem assim. Sabia que eu havia escrito os últimos dois livros inspirados nela e para ela. Sabia que sempre a procuraria desesperadamente nas outras mulheres, sabia que nunca a encontraria nem nas outras, nem nela mesmo. Sabia perfeitamente separar realidade de ficção.

— Só faltou você dar meu CEP, filhodaputa.

— Gostou?
— Fiz questão de esquecê-lo no táxi.
— Então gostou.
— Estou aqui, não estou?

* * *

"Vai ser sua ruína." A sentença do Mago reverberava em algum lugar dentro daquele boteco e fez com que eu esquecesse mamãe dentro do caixão coberta de flores amarelas. "Ela está feliz, sua mãe subiu direto", disse o Mago.

Ruína continua dona da mesma boca. Ela ficou paralisada e um tanto incrédula diante do desastrado "te amo" que pronunciei depois de ter perguntado se ela havia gostado do livro. Praxe. Eu sempre perco o controle com Ruína, e ela finge que não sabe que eu perco o controle, e sorri. Então dá a primeira tragada, e sopra a fumaça na direção do teto, como se me fumasse. Automático. A mesma boca, o mesmo sorriso e o beijo em seguida. Mil anos se passarão e nos beijaremos do mesmo jeito.

* * *

No dia seguinte retomamos nossa rotina de não encontros — algo que é muito diferente de meros desencontros casuais. O não encontro se estende apesar do tempo. O não encontro é o tempo que não passa, é o tempo dos condenados. É o encontro marcado apesar de você. Um lugar onde se cultivam as flores amarelas que cobrem as mães dentro dos caixões. Agora é Ruína que embola meus pensamentos junto a mamãe e o dia do enterro, ela se imiscui às primas e aos primos envelhecidos e obesos, ela é o irmão traidor e o zelador do cemitério que cobrou seiscentos reais para limpar o túmulo abandonado.

Ruína abre uma clareira na mata densa do meu luto.

Substitui mamãe no caixão. Freud-Nelson Rodrigues, filhosdaputa sacanas.

Para não me estender muito e não enrolar aquilo que já é enrolado pela própria natureza, posso dizer que Ruína negou o beijo do dia anterior: "O veinho tá alucinando? Beijo? Que beijo?".

Como se eu tivesse saído do cemitério mais uma vez — completamente sozinho, traído pelo irmão, estranho e alheio àquelas pessoas deformadas que emergiam de um passado distante e se identificavam como primos, tias e amigos de mamãe: "Me liga se precisar de qualquer coisa, mas liga mesmo".

Também havia me transformado num velho gordo e irreconhecível, igual os primos, tios e parentes, alheio. Eu não tinha para onde ir e não tinha mamãe do outro lado da linha para rezar a salve-rainha e me ajudar a encontrar os óculos perdidos — agora ela sorria dentro do caixão coberta de flores amarelas, e eu havia sido expulso da minha própria solidão. Onde estão meus óculos? Me ajuda, não estou vendo nada, mamãe. Reza a salve-rainha, me ajuda!

— Você se refere a ela como "mamãe"?
— A "ela", não! Mamãe.

Não alucina, veinho, não houve beijo.

A partir daí uma avalanche de "porquês" se juntou à gordura dos primos e primas envelhecidos, depois vieram as palestras na Federação Espírita (tudo o que eu pedia era para ser doutrinado, queria acreditar em qualquer coisa) e o advogado que me apressava para entrar com uma ação antes que fosse tarde demais (como se não fosse tarde demais), isto é, antes de o caçula roubar o pouco que havia me sobrado. Uma ameaça iminente de ruína. Era Ruína.

2

Algumas coisas não se ajustavam no sermão do feiticeiro.

Em primeiro lugar, o discurso moral. Quando ele falou que eu ia ser traído e depois ridicularizado pelos meus amigos. O que ele queria dizer? Que vivemos num samba-canção do século passado? Sim, muito provável que acontecesse como ele previu, porque sou mesmo um cara ultrapassado e o ridículo me consumiria muito mais do que a meus amigos e a ela. Mas eu não chamaria isso de "traição", não é nem pelo peso da palavra, mas pelo uso. Preferiria chamar de futuro antecipado, acerto. Na verdade, o Mago promovia um simples pleonasmo a uma sentença de morte sem possibilidade de recursos, como se nem ele nem eu soubéssemos que realizar desejos é a mesma coisa que estragá-los. Provavelmente a levaria a clubes de suingue e contrataria cavalos árabes, mulheres gorilas, dobermanns e travestis para a foderem todinha. Tudo isso e mais os segurança do clube de suingue, conforme o desejo expresso de Ruína, tudo às claras.

Oquei, são hipóteses plausíveis. Mas ridicularizado pelos amigos? Imediatamente associei esses "amigos" aos adoradores da tradição e da propriedade. Era essa a "sociedade" e os amigos que me ameaçavam? Quem mais me assombrava, Lindomar Castilho?

O feiticeiro disse que eu devia valorizar a mulher correta — Joana — que eu "tinha dentro de casa". Meu Deus! Que conversa mais CBF! Sobretudo vinda da parte de um sujeito que cobrava duzentos reais "a consulta" e que reservava uma vaguinha para Lúcifer no altar vizinho a Nossa Senhora Aparecida. Só faltou ele me dizer que a família era o esteio da sociedade, alguma coisa estava errada. Além dos duzentão, devia ser o Brasil que transformava ecumenismo em samba do crioulo doido. E careta.

Ela iria destruir tudo o que eu havia construído ao longo dos anos. Do que ele falava? Da minha "reputação de escritor maldito" que toma dinheiro emprestado todo mês para não atrasar o plano de saúde? Que porra que eu havia construído na vida? Uma dúzia de livros que *male-male* pagavam a conta de luz? O que eu "construí" depois de quase trinta anos de fé cega na literatura? O desinteresse e a repulsa crônicas por aquilo que os adoradores de Lúcifer-CBF chamam "minha pessoa"? O que eu construí além da minha solidão? O que mais ela podia destruir?

Dom Juanito também viu mamãe em sua bola de cristal. Não transcrevo essas subprevisões porque escolhi me concentrar nas ameaças que ele fez caso "eu insistisse" na história com Ruína. Mas quem sou ou quem era eu no jogo do bicho para insistir com qualquer coisa? Qual outra opção teria senão esperar que a profecia de dom Juanito, o mago das celebridades, se cumprisse?

A escolha, diferentemente do que ele disse, nunca foi minha, mas de Ruína — o máximo que eu podia fazer ou tudo o que eu quis e tudo o que desejei ao longo de todos esses anos era que Ruína, enfim, me procurasse. Todavia, o fato de ela ter aparecido um dia depois da morte de mamãe não significava que tivesse me procurado, não significava exatamente uma "volta".

Porque foi justamente o beijo negado que deu um nó na minha cabeça, foi o beijo negado e o inbox que — em seguida — trocamos no feicebuque (desbloqueei-a depois de seis anos) que me levaram ao feiticeiro. Ela dizia: "Foi apenas uma coincidência infeliz, parece que farejo carniça. Não quero retomar o namoro, não houve beijo, não tenho tesão por você nem estou apaixonada, só queria um abraço, queria desabafar, estou fodida".

3

"Tá alucinando, veinho?"

A ruminação, a perplexidade, o não entendimento e os infinitos "porquês" não respondidos eram as marcas registradas de Ruína, nada mais, nada menos do que a presença em carne viva, a obsessão em estado de graça. Ela havia voltado sim, em plena forma e esplendor. Depois disso, desfiz o namoro com Joana (mais adiante falo de Joana). E passei a mandar recados cifrados na minha página do feicebuque para Ruína, e a filhadaputa evidentemente correspondeu.

Mas antes de falar do outro beijo depois do beijo negado, gostaria de discorrer sobre meu irmão caçula:

— Ele vai lhe tirar tudo. Temos que entrar com uma ação o quanto antes.

— Outro dia, doutor, qualquer hora, agora não.

Não vai ser nada fácil falar do caçula, vai ser dolorido e não dá para escapar ao tema: que envolve a morte do meu pai quarenta dias antes da morte de mamãe, e de como tudo isso confluiu para chegar a Ruína.

* * *

Vamos lá.

Desde o final da década de 80 até poucos meses atrás,

eu acreditava nas virtudes do acaso. A história que o caçula viveu e vive até hoje seria o exemplo mais enfático de que o acaso é a liga ou o lastro que está por trás de todos os enredos e subenredos e finais felizes criados pela imaginação doentia do homem. Que o livre-arbítrio pode ser um doce na mão de crianças que acreditam... no destino. O problema é a aproximação que se faz do acaso com os milagres, com o benfazejo. Não é nada disso! O acaso é irmão gêmeo do arbitrário e, na maioria das vezes — sobretudo no caso do caçula — só fez produzir monstros. Sou testemunha, e talvez também seja um monstro obsessivo ajambrado por essa linda história de amor maldita, abençoada pelo acaso.

Em 1986 me pirulitei de São Paulo.

Não aguentava mais os anos 80. Ao contrário da infância nos 70, onde me adaptei às cores e aos objetos redondos da época, nos 80 a estética pontiaguda das coisas & pessoas literalmente me "agulhavam", não existe outra palavra: eu era agulhado pela cidade que virou uma ombreira gigantesca coberta de tachinhas, coreografias epiléticas e neons verdes e amarelos. Tinha de ir embora, e a solução que encontrei foi estudar agronomia no interior, bem longe de São Paulo. Nem preciso dizer que jamais tive vocação para fazer cálculos integrados e/ou enxergar a beleza do mundo a partir de teodolitos ou através do sistema digestivo de bois e vacas. Mas gostava dos ares e sobretudo da ruminação das coisas no interior, a "tar" da globalização ainda não havia escrotizado a vida dos bares e a rotina das pessoas. No máximo tínhamos os ataques epiléticos do Arnaldo Antunes no programa do Chacrinha, e ninguém — pelo menos na faculdade de agronomia — tinha o desejo de imitá-lo. Simplesmente julgávamos aquilo tudo ridículo (continuo com a mesma opinião até hoje).

Dividia o aluguel com Frangão, um japonês divertidíssimo que se dizia descendente de samurais e que, nas horas vagas, praticava exorcismos. Ele fazia ventar dentro de casa. Tava ruim, mas tava bom. Passava os dias rindo das maluquices do Frangão, e falando merda com seu Edmundo, que era dono do sobrado onde morávamos. Além de meu senhorio, Edmundo consertava sapatos. A sapataria dele ficava imediatamente embaixo da janela onde eu repousava meu jovem esqueleto, tinha 20 anos em 1986.

Às vezes Tomezinho aparecia. Às vezes Tomezinho desaparecia. Edmundo o respeitava demais pelo fato de que ele era muito "ligeiro" e "puxava" camionetes de Mato Grosso. O sujeito era ladrão de carros, gente boa e nosso vizinho que também se divertia com Frangão e seus poderes sobrenaturais e exorcismos.

Até o dia que Tomezinho sentenciou:

— Aqui não orneia mais.

Ele devia estar falando da quebradeira geral dos cafeicultores da região, da hiperinflação, do engano que foi a campanha das "Diretas Já", dos fiscais do Sarney, da pasmaceira que era aquela cidadezinha perdida no interior de São Paulo, quase divisa com Minas Gerais etc. etc.:

— Orneia não — concordou o sapateiro.

Fascinado com a palavra "orneia", concordava com ambos.

Então Tomezinho disse:

— Zé Onofre tá bamburrando na Canastra.[1]

Imediatamente depois de ouvir três "orneias" e mais um "bamburrando", liguei para casa e comuniquei que iria

---

[1] "Bamburrar" é tirar a sorte grande, é ver os diamantes brotando da terra como se fossem estrelas brilhando no céu; bamburrar é encher o cu de dinheiro.

abandonar a faculdade de agronomia, e que — dali para a frente — seria muito difícil me achar, uma vez que o garimpo se localizava em lugar vago e não sabido mais ou menos no coração de uma serra cujo nome guardava uma Canastra em seu bojo.

— Garimpo?

— Sim, pai. Garimpo.

— Quando é que você vai?

— Amanhã.

Partimos na madrugada do dia seguinte. O sapateiro e Tomezinho numa camionete suspeitíssima, eu e o velho numa Belina 82. "O velho", na época, tinha exatamente a mesma idade que tenho hoje, 50 anos. Em pouco tempo desfrutávamos dos anos 80 como se vivêssemos em pleno século XVI, caçando jacus e macacos para nossos desjejuns e refeições, açoreando o leito do São Francisco e cobertos de lama até o pescoço. Lembro do velho a percorrer o garimpo e ostentar um trezoitão na algibeira "para dar garantia"; lembro da nossa felicidade longe dos fiscais do Sarney. Ele, o velho, também fugira dos anos 80. Umas das características mais marcantes dele era tirar o nome das coisas, e meio que sublimá-las para o autoconsumo; em última análise, isso queria dizer criar um mundo paralelo, fugir, dar o pinote. A diferença entre nós é que sempre dei nome, sempre escrevi. Tirando esse abismo que praticamente nos separava em galáxias diferentes, éramos muito parecidos. Ou seja, eu repudiava qualquer coisa que me identificasse com o tempo e o espaço, portanto tinha um ponto de vista privilegiado, fugia da vida e do mundo (continuo fugindo até hoje) e criava realidades despirocadas para consumo próprio. Assim que nos amávamos, fora do verbo, fora da cronologia e do tempo, ele exercia a função de pai aos guinchos e eu respondia aos latidos.

Um garimpo no cu da Canastra para vivermos longe da civilização, feito animais. Era o que tínhamos, e era mais do que suficiente. Dessa forma deliberadamente me safei da babaquice dos anos 80, e dei de ombros para aquilo que seria minha juventude recheada de neons & tachinhas. Além do mais, era o encarregado de negociar com os capangueiros (compradores de diamantes) e, assim, de quinze em quinze dias ia ao encontro dos "homens do malote".

Desciam na pista clandestina da fazenda do Tião Bentinho, que se localizava em São Roque de Minas. Do nosso acampamento até a fazenda do Tião a viagem durava mais ou menos quatro horas. Isso quando a estrada de terra não se transformava num lamaçal intransponível, quando não estourava um pneu, quando uma sucuri não colidia com a Belina ou quando a mesma Belina não quebrava, e me deixava na mão. Às vezes era um dia inteiro à espera de socorro.

Às vezes dava tudo certo. Com o dinheiro da venda dos diamantes, eu "fazia o rancho" — que incluía desde levar as cartas da peãozada ao correio, comprar óleo diesel, macarrão, sal, café, correias, encerados, juntas e ferramentas, até ir ao posto telefônico de São Roque e ligar para mamãe em São Paulo, e dizer que estava tudo bem.

— Quero matar seu pai.
— Que foi?
— Vou matar você junto.
— Que eu fiz?
— Seu irmão mais novo. Não sei o que vocês tramaram, mas o menino largou a escola e está indo praí!
— Ele? Aqui?
— Ele mesmo! Eu mato vocês!

* * *

Às vezes a gente bamburrava, e meu "rancho particular" compreendia uma visita na zona da Gorda. Uma versão cabocla e desidratada de *Os sete gatinhos* — sem o genial Lima Duarte e os caralhinhos alados desenhados nos azulejos do banheiro — caralhinhos alados, bom que se diga, que não constam dos originais de Nelson Rodrigues, isso é coisa do Neville d'Almeida.

Gorda sublocava as filhas para os fazendeiros da região, sobretudo na época da colheita do café. De dia, os putos as exploravam em suas roças. De noite metiam a vara nelas. Eram seis irmãs, Joscilene, Joscidalva, Joscélia, Joscimar, Joscielle (com dois elles), Joscilaine e o sétimo gatinho, poupado da violência da peãozada e da vida dura dos terreiros de café, Marrom ou Vanusa. Marrom fazia as vezes de *hostess* do zonão e, na medida do possível, tentava — em vão — alegrar o ambiente melancólico que era o puteiro da Gorda. Sexo & ódio brasileiros. Nada de humor e descontração, as filhas da gorda estavam mais para escarradeiras e depósito de esperma do que para vender qualquer tipo de alegria ou recreio. E a peãozada truculenta queria esvaziar o saco, de preferência sem gastar muito dinheiro. Cafuzas, meio índias, meio negras, misturadas com o sangue dos bandeirantes que tocaram o terror por aquelas bandas em tempos idos, as filhas da Gorda, todas, guardavam, além das misérias e do uso, um fogo maldito nas ventas e um ódio ancestral que cobrava — mais do que as desgraças inerentes à vida miserável que levavam — reparação e vingança. Ancas largas e olhos verdes, péssimos augúrios, miasmas de quatrocentos anos de exploração e maldições intermitentes, eflúvios infernais que se precipitavam a partir dos vapores criminosos da Boate Azul, onde, apesar dos pesares, destacava-se Joscielle (com dois elles), a joia da Gorda.

A mais faceira segundo a peãozada: que eu nunca peguei porque ela nunca foi com a minha cara e nem eu com a cara dela. Além disso, avaliava que Joscielle, a flor-da-noite da Boate Azul, era a mais perigosa e dissimulada das irmãs amaldiçoadas. A preferida do velho. Mais do que preferida, ele a tinha no altar e a amava ostensivamente acima dos jacus, dos macacos, dos próprios filhos e do trezoitão, acima dos marumbés & caboclos e de todos os diamantes do mundo — acima de Marrom por quem se engraçava de vez em quando — e acima do bem e do mal. O velho não fazia cerimônia alguma em celebrar esse amor. Um amor que Joscielle — depois de ter casado com o caçula — aprendera a explorar e "neutralizar" com dois elles e com muita discrição, diga-se de passagem.

Hoje, sem muito esforço, dá para entender o desespero de mamãe. Na época, achava que ela era uma perua careta, racista e limitada. Do outro lado, tinha meu pai como o sujeito mais fodão da Serra da Canastra. Meu guia para as coisas fadadas ao erro, a certeza de um porto seguro no cais de um absurdo calmo, fora de qualquer contexto e quase divertido. Ele era minha identidade e a falta de identidade também. Uma inconstância ambulante, o rei da improvisação e da imprevisibilidade, volúvel, precário, mesquinho. Ele conseguia ser livre e travado ao mesmo tempo, maluco porém sob controle, protocolar e subversivo, uma gambiarra ambulante que às vezes era mais meu filho do que o "seu" Zé Paulista, meu pai.

Não me atrevo, aqui, a reproduzir um minuto do "desempenho" dele no garimpo. Um grande sertão e todas as veredas seriam pouco para falar do velho que enfeitiçava a peãozada com suas mentiras e viajadas na maionese, jamais travei contato com uma pessoa que conhecesse tão bem — e com todos os detalhes e com as devidas histórias & mentiras para ilustrar cada detalhe — e com o sotaque adaptado aos interesses do interlocutor, com todas as ênfases, ritmos e pontuações, jamais conheci alguém que tivesse exercido o poder de comunicação como meu pai — com a inutilidade e o prejuízo que ele exercia esse poder, nunca, ninguém, jamais.

Talvez venha daí a indiferença dele com relação à minha literatura, ele que era o escritor. Só que não escrevia. A especialidade do velho era ser passado para trás. O rei das apostas erradas, dos prejuízos e das roubadas. Mamãe o conhecia de outros carnavais e, de certa forma, antevia a merda que seria o caçula seguir o mesmo caminho. O caminho dos escritores que ela amava, com um ela casou desavisada, outro ela pariu.

A questão é que o caçula era mais real do que a mentira. Nunca foi "vítima" do velho como mamãe imaginava, muito pelo contrário. Um garoto de 17 anos, virgem, criado em apartamento, educado num colégio tradicional e claustrofóbico. Queridinho dos professores e dos coleguinhas, a pessoa mais doce e aparentemente a mais indefesa do mundo, o boa-praça acima de qualquer suspeita, ele mesmo, o caçula que ia prestar vestibular no ano seguinte, e entraria com folga na FGV, o mais solícito, disponível e educado, aquele que nunca se alterou e sempre chegou às resoluções mais sensatas, o fiel da balança numa família completamente descalibrada. Também o mais escroto e o último a trair a confiança do seu Zé Paulista, meteu o mão e se lambuzou, roubou, fraudou, manipulou e enganou o velho, abandonou mamãe no leito de morte, fez o diabo e um monte de filhos conluiado com Joscielle, a mais perigosa e filha da puta das putas filhas da Gorda.

* * *

A partir desse ponto, gostaria de oferecer um banquete para os incrédulos.

Temos o improvável e o descabido, o destino incorporado e dando as cartas para quem quiser provas cabais de que o enredo já estava pronto antes mesmo de os atores decorarem a fala; provas de que o livre-arbítrio é algo relativo quando os desígnios dos céus descem ao inferno prontos e acabados. Em dois meses de garimpo o caçula embucharia Joscielle pela primeira vez, a primeira de meia dúzia de outras vezes.

O velho cumpriu a função de alcoviteiro, fiador e sacerdote. O enforcado, o noivo apaixonado e o eterno corno manso e realizado. O caçula entrava com a rola. Todo o resto teria a deliberação e a vontade do velho maluco, que colheu — sim, era dele afinal — a flor mais bonita e carnívora do Jardim da Gorda. Eu disse, no começo deste capítulo, que precisava falar do caçula. Preciso muito falar de como acreditei nessa história, e acreditar é algo que vai além da aposta, é manter a fé e a cegueira, mas sobretudo é garantir a contrapartida, não dá para acreditar em quem não dá algo em troca; não sei se conseguirei expressar em palavras o encanto com o qual apostei no pai fanfarrão e no "desprendimento" do irmão caçula, eles me deram a fantasia. E na mesma proporção desacreditei na realidade, que se resumia a mamãe e sua caretice paulistana. O problema foi não ter combinado com os russos. Um pequeno exemplo. No começo era uma festa ter um madrasto, mas a "fantasia" ou "minha festa" não admitia ser chamada de Marrom, muito menos "mamãe". A dura realidade é que nem o velho nem o viadinho tinham o mínimo senso de humor, inteligência ou o jogo de cintura que folcloricamente atribuía a eles.

— Aí o bicho pegou.

E o que era festa virou cemitério. Joscielle, agora, era

mulher do caçula e a Virgem Maria no céu do garimpo. Preciso falar que não aguentei o tranco, que não aguentei a realidade crua invadindo a ficção, que ter Marrom como madrasto era dose fatal demais. Preciso dizer que, embora tenha feito campanha a favor da "fantasia", fui engolido, moído e triturado por ela. Que meu pai nunca foi escritor. Que a ficção nada tem a ver com a história do garoto branco de classe média que abandona a cidade grande para casar com uma negra prostituída no garimpo. Que essa merda nunca foi a linda história de amor que idealizei, que o acaso e as improbabilidades, além de não serem os melhores conselheiros, produziram os piores monstros.

Hoje, depois da merda feita, é fácil entender por que me pirulitei do garimpo, hoje, depois de tudo e de lembrar mamãe sorrindo placidamente no caixão coberta de flores amarelas, hoje, depois de ter enterrado o velho que tanto admirei até mais do que ele talvez tenha me desprezado, hoje preciso pedir desculpas a mamãe.

4

Avaliei que devia voltar a São Paulo, resolvi que seria advogado. Passaram-se dois anos. Joscielle havia parido dois bacuris.

Aos poucos São Paulo livrava-se dos anos 80. E eu, novamente, tinha que expurgar a cidade de mim e, agora, me livrar dos anos 90. Creio que "ir embora" é um sentimento comum a todo paulistano. Para depois voltar. E em seguida se pirulitar outra vez e prometer a si mesmo que nunca mais voltará à cidade. Bem, não quero me estender muito sobre isso, e digo que logo consegui ser transferido para uma faculdade de direito mambembe em Santa Catarina. Foi nessa época que aprendi — tardiamente, diga-se de passagem — a chupar bucetas e reconhecer a direção dos ventos e os humores do mar. Quer dizer, eu achava que sim.

Também foi a última vez que o maluco do meu pai embarcou, literalmente embarcou mesmo, nas minhas ideias de jerico.

— Não vou ser advogado porra nenhuma. Troquei o Gol por um barco de pesca.

— Tô indo praí.

A nossa ideia era transformar o barco de pesca (uma baleeira) numa escuna. E se a ideia era de jerico, claro, eu podia contar com o velho. Ele adorou aquela história, iríamos bamburrar no Oceano Atlântico, um amor em cada porto a partir de Porto Belo: o plano era simples e consistia em estuprar as sereias cafonas dos balneários catarinenses e encher o rabo de dinheiro, tudo muito banal e de fácil execução na minha cabeça oca e na cabeça do velho maluco idem.

Porto Belo, naquela época, não tinha nenhuma escuna de passeio, da mesma maneira que eu e o velho não tínhamos a mínima noção do que era transformar um barco de pesca numa escuna de passeio. Ele torrou duas quitinetes na "empreitada" e, resumidamente, posso dizer que na primeira viagem *Joscielle* (sim, batizamos a escuna com esse lindo nome, com dois elles) encalhou num banco de areia.

Mas esse encalhe tem uma conotação sobrenatural que, até hoje, me intriga; acho — também — que vale a pena falar sobre isso.

Às vezes o puto do destino deixa claro — como no caso da união do caçula com a flor da Boate Azul — que não existe acaso, e literalmente — sem qualquer cerimônia — move as coisas dos seus lugares sem nos consultar, nós que somos os maiores interessados. Nessas ocasiões o céu gira sobre a terra e, de repente, o peão incrédulo que é você mesmo está sendo descaradamente manipulado por algo que não está nem aí com as suas considerações sobre Legião Urbana, sobre o acaso e/ou a merda que os valham, incluindo seu próprio destino nesse "nem aí" sobrenatural.

Depois de quase um ano no estaleiro e duas quitinetes jogadas no lixo, *Joscielle* estava pronta para a primeira viagem. Céu azul, o mar parecia uma mesa de sinuca. Tudo certo com a corretora de turismo, eu havia agendado mais dois grupos de gringos, bastava entregá-los no hotel depois do passeio e receber minha parte em dinheiro vivo, dólares. O marinheiro aparentava ser um cara saudável que jamais havia entrado em surto psicótico. Tanque cheio, checados equipamentos de segurança, eu jovem e cabeludo, sunga vermelha *à la* salva-vidas, saradão, corpo aberto no espaço e queimado de sol, incrivelmente bonito para os meus parâmetros (tenho fotos), com um agravante que, hoje, avaliando os acontecimentos à distância, além da sunga vermelha, talvez tenha sido o grande *leitmotiv* do fiasco: acreditei na coisa, cheguei a tatuar uma âncora no antebraço para dar veracidade ao meu desvario. Eu acreditava mesmo que era Popeye. Quase cinquenta almas à bordo. O equivalente a lotação completa e mais algumas velhinhas argentinas que extrapolavam o limite estabelecido pela Capitania do Portos. Trezentos dólares para fazer uma viagem de meia hora, de Porto Belo à Ilha de João da Cunha. Bastou levantarmos âncora e armou-se uma tempestade grotesca vinda do leste, a famigerada lestada, chuva e rajadas de vento hediondas, gritaria no convés, a tripulação (eu e o marinheiro paranoico) completamente perdidos e desorientados:

— Joga as velhinhas no porão, caralho!

A parte elétrica entrou em curto e o motor de arranque evidentemente não respondia, as velhinhas argentinas chamavam Jesus, e eu pedia ajuda pelo rádio. O filhodaputa do marinheiro olhava para mim, e sorria placidamente, placidamente sorria.

Nesse momento *Joscielle* era levada pelos humores das correntes marítimas. Não restava mais nada a fazer senão amaldiçoar o marinheiro que continuava placidamente sorrindo para mim. Um sorriso à deriva, igual *Joscielle* que, dentro de poucos minutos, iria se espatifar e nos espatifaria nas pedras de João da Cunha. Da minha insensatez náutica, eu teria — sendo muito otimista — o testemunho de nacos de velhinhas argentinas boiando entre os escombros de uma *Joscielle* importada dos cafundós improváveis das

Minas Gerais diretamente para as profundezas do Oceano Atlântico. A tempestade chegou com tudo. Um tranco, e imediatamente uma das cinco dezenas de velhinhas guardadas no porão meteu a cabeça num beliche improvisado, sangue, Jesus, Nossa Senhora de Luján, mais sangue e ondas gigantescas levantadas pela tempestade que apenas começava a dar o ar de sua graça. O marinheiro continuava a sorrir com a placidez de um peixe de aquário morto de cabeça para baixo, eu pedia socorro pelo rádio como se a encrenca em que havia me metido fosse um filme da *Sessão da Tarde*, tudo confluía para uma grande tragédia até que *Joscielle* milagrosamente encalhou num banco de areia. Virgem de Luján!

Milagre, é o que consta nos registros da Capitania dos Portos, milagre.

Nota: A tempestade se dissipou no momento em que a última velhinha argentina foi resgatada pela Guarda Costeira, o mar transformou-se naquela mesa de bilhar de antes; o destino me encaçapou, e o sol voltou a brilhar em Porto Belo.

Insisti, e acreditei que tudo não passou de uma infeliz coincidência. Eu era o tipo de cara que acreditava em infelizes coincidências e duvidava do destino, como se uma coisa não tivesse ligação com a outra. Como se o azar fosse obra única e exclusiva do acaso. Tem um nome para essa cegueira: otimismo. Achei que o fato de as velhinhas terem ido prestar queixa na delegacia era algo perfeitamente contornável. Paguei as multas, assumi todos os prejuízos, quebrei a cara e passei a ser devoto da Virgem de Luján, na verdade sempre quis ser argentino.

A corretora de turismo cancelou as viagens agendadas. Sem escolha, e evidentemente injuriado e caluniado pelo sobrenatural que me salvou e me fodeu ao mesmo tempo (embora não desconfiasse disso), arquitetei um *grand finale* para encerrar aquela merda toda. Ateei fogo na escuna. Convoquei a tevê local que filmou o espetáculo. Lindo casamento do fogo com o oceano, só que cismei em dirigir o cinegrafista como dirija o marinheiro esquizofrênico (ou psicopata?... ou o psicopata era eu? bem, tanto faz), vale que o cinegrafista não gostou dos meus palpites, me acusou — vejam só — de loucura varrida, mandou-me à merda e eu, já de saco cheio dos seus enquadramentos cafonas, disse para ele enfiar a câmera e as imagens que fizera no respectivo rabo.

A partir daí era seguir o roteiro do sobrenatural — que devia ter um acordo com o cinegrafista da RBS, com o marinheiro psicopata, com o irmão caçula e o velho maluco — que não gostou nada de eu ter ateado fogo e afundado *Joscielle*. Se a escuna fosse batizada com qualquer outro nome ele nem teria dado bola, aposto. Deve ter se sentido traído, e com razão. Porque um dos maiores prazeres que desfrutei nessa vida de merda foi ver *Joscielle* ser consumida pelo fogo e afundar.

Depois disso, o velho voltaria para o garimpo e ficaríamos um bom tempo afastados. Bem, eu tinha algumas contas a acertar com o sobrenatural. Então determinei a mim mesmo (grande bosta) que jamais abriria mão da autoria das cagadas feitas durante o percurso, essa foi a condição que "impus". Eu iria dar trabalho. Confesso que isso me deu fôlego para quebrar a cara inúmeras outras vezes, um fôlego para me achar — vejam só — *especial*. Se era para oferecer o lombo a montaria que fosse como rei e não como peão no tabuleiro do xadrez babaca que o senhor Sobrenatural de Almeida resolveu chamar de "minha vida". Que a Virgem de Luján me protegesse, amém, que assim seja, e foda-se.

* * *

Alguns meses depois do naufrágio de *Joscielle*, Itamar Franco inauguraria a República do Pão de Queijo, e eu me formaria em direito; descobri que o que me atraía nas arcadas não eram as leis nem as jurisprudências, mas os *tailleurs*, saltos altos e meias-calças das doutoras: era só fetiche mesmo e tesão de chupar as bucetas das promotoras, juízas, advogadas e quiçá o grelo duro das desembargadoras e ministras do STJ; daí consegui a façanha de passar da condição de ex-causídico & Popeye de sunga vermelha para um "sem escuna" desacreditado até pelo velho despirocado que, como eu disse, voltou para os cafundós de Minas Gerais a fim de desposar e assumir o love com Marrom de uma vez por todas. Além disso, ele tinha de cuidar da fábrica de netos que Joscielle (com dois elles) e o caçula haviam instalado no lugar do garimpo. Não que eles tivessem desistido de garimpar, mas fazer filhos era um ótimo negócio para o caçula e para Joscielle. Para o caçula bastava gozar dentro. Para o velho que era apaixonado pela nora e que gozava com a vara do caçula, bastava torrar as quitinetes de São Paulo e prosseguir sendo explorado pelo caçula e, finalmente, para Joscielle bastava parir Joscieldos e Joscivaldos, um atrás do outro.

Joscielle ganhou o status de "senhora" do "papai gelol" versão Chitãozinho & Xororó. Qualquer outra não teria aguentado o deslumbramento e orgulho de macho do irmão caçula e do velho, a cada novo bacuri parido um buzinaço. Era Natal, eu estava na Canastra cumprindo o protocolo, e tive a infelicidade de presenciar a chegada de um deles (não lembro se era o Joscirlei ou o Joscimar), aconteceu mais ou menos assim: o caçula na caçamba da camionete erguendo o rebento feito um troféu, a pequena cidade explodia em fogos e o velho metia a mão na buzina. Era algo tão brega, barulhento e bizarro que, sinceramente, prefiro não descrever os desdobramentos do show de horror sertanejo daquele dia. Convém poupar os leitores e pular a parte que vovó Marrom recebe o netinho aos prantos, não tenho estilo nem estômago para contar os detalhes e discorrer sobre a trilha sonora escolhida para o evento. Seria muita bizarria insistir em tal cena, até mesmo para usofruto destas desonestas e nada singelas memórias; pensando bem, perto da vida que levava colhendo café e sendo estuprada pelos fazendeiros, meus pudores e desonestidade intelectual quase chegam a ser uma homenagem a Joscielle. Porque parir um bacuri atrás do outro e aguentar o deslumbramento do caçula e do velho devia ser a realização de um sonho para ela. Em suma, o caçula metia, eles faziam filhos e o velho promovia buzinaços. Haja xavasca, haja fartura e macheza, haja moda de viola, carne de porco e pão de queijo. Haja quitinetes no Copan pro velho torrar, orneia sim.

Enquanto isso, eu sumia e virava escritor. O único jeito de recuperar meu crédito seria encontrar uma Joscielle ao gosto do velho, e fazer uma penca de filhos. Mas isso podia ficar para mais tarde ou não fazia parte dos meus planos — eu achava que não.

5

— Que beijo? Não alucina, veinho.

Confirmando uma parcela mínima das catástrofes previstas pelo Mago, Ruína voltou a me procurar. Digo parcela mínima porque estou sendo otimista com o sobrenatural. O que aconteceu não me levou exatamente ao descrédito pleno, nem "comprometeu minha obra", nem me "ridicularizou" diante dos meus leitores e/ou amigos. Não aconteceu nada de mais, além de Ruína me convidar para ir à Praça Roosevelt tomar uma cerveja.

Acompanhada de um amigo gay, a senti um pouco distante. Ela quase me apresenta ao viadinho na terceira pessoa; rememorou, ou melhor, reportou ao amigo algumas passagens do nosso caso como se fôssemos personagens de uma ficção, como se tentasse convencê-lo a ir ao cinema ou a ler determinado livro porque "valia a pena".

Eu pensava comigo mesmo "por que ela trouxe esse viado a tiracolo, o que ela pretende com esse jogo escroto?". Todavia entrei no jogo, acrescentei alguns dados que ela havia esquecido de contar, lembrei de detalhes engraçados e me surpreendi com detalhes que não lembrava e que ela não só lembrou como o fez praticamente nos aprisionando na terceira pessoa, vale dizer, aumentamos a cumplicidade com o viadinho e a distância entre nós dois. Outra vez caía no jogo dela. A cada minuto um mendigo submergia das profundezas da Praça Roosevelt para fazer um aparte e contar a versão dele. Teve um que elogiou a beleza de Ruína, e não satisfeito com a esmola e o cigarro, estendeu-me a mão coberta de feridas, filho da puta. Estendi a mão de volta como se fosse obrigado a cumprimentá-lo para dar uma satisfação ao viadinho de estimação de Ruína. Imaginei o fundo do poço. As feridas e o escárnio do mendigo refletiam nossa miséria, minha obsessão escoava pelo ralo, aquilo tudo já me enchia o saco. Então ela me beijou.

Foi ela. Eu não esperava o beijo. Sinceramente, não. Diante da intimidade descartada em favor das "terceiras pessoas" que conversavam naquela mesa de bar, podia ter acontecido qualquer coisa, menos o beijo. Até agora não parei de cair desse beijo. Lembro vagamente de a Praça Roosevelt ter escurecido ao redor, como se o beijo tivesse restabelecido o tempo e a distância que havia nos separado, como se fosse uma draga que sugasse história e memória. A imagem da queda contínua não é exagero, quando abri os olhos lembro de ter sido abordado por um mendigo que praguejava e ria da minha cara.

Em seguida Ruína escafedeu-se. Avaliei, como disse acima, que era pouco para confirmar as previsões do Mago, e quase o bastante para me enlouquecer novamente.

O beijo roubado de Ruína destruiu meu namoro com Joana. A palavra é essa mesma, como se tudo o que eu havia vivido nos últimos seis anos tivesse sido anulado, como se a terceira pessoa tivesse roubado minha identidade, como se a identidade de todas as mulheres e das histórias que vivi com essas mulheres nos últimos anos tivessem caído junto comigo no abismo daquele beijo. Como se só existisse o beijo de Ruína.

Como é que ela podia arruinar minha vida se aparecia e desaparecia pelas tabelas? Que poder, além da alucinação, Ruína tinha sobre mim? Penso: ela não estava fazendo exatamente o contrário do que ameaçava o Mago? Ora, me alucinar — especialidade dela desde sempre — não era a mesma coisa que me resgatar, devolver-me a mim mesmo, o contrário de acabar comigo?

Não consigo ter uma lembrança sequer da minha vida sem lembrar das alucinações que me acompanharam desde sempre. Impossível, pelo menos para mim, separar memória de alucinação. Não dá.

* * *

De todas as profecias do Mago a que menos me afetava, e mais o descredenciava como — digamos — rebulidor do futuro, era a de que eu seria "ridicularizado" pelos meus amigos. Eu não me incomodava tanto — ou não me incomodava nada — a imaginar Ruína dando pro Linguinha, por exemplo. Também julgava os efeitos e causas da profecia, como disse logo no começo deste relato, algo meio careta e ultrapassado pelo tempo. Digo isso mais por meus amigos que são uns tranqueiras e não estão nem aí para julgamentos morais do que por mim, mas digo bastante por mim também.

O que me intrigava mesmo era a praticidade da coisa, e não o fato em si. Ela morava em Itaquera. Ganhava a vida como uma espécie de supersíndica. Vivia num mundo de IPTUs, recolhimento de guias, darfs, alvarás e pequenas jogadas com fiscais da prefeitura, despachantes e outros seres da penumbra burocrática e afins. Uma coisa que a divertiu demais, lembro, foi quando renovei minha carteira de habilitação, e usei um expediente inusitado para dar um sinal ao despachante — que evidentemente estava "a fim de negociar por fora". Ela se espatifou de rir do outro lado da linha quando lhe contei que tive de recorrer a "linguagem corporal" para convencer o picareta, e o convenci — diga-se de passassem — a renovar minha carteira; decerto ela devia usar os mesmos expedientes e mais as cruzadas de pernas e tantos outros recursos no seu dia a dia condominial. Em suma, ela era funcionária e eu, bailarino. Resumindo outra vez: ela vivia noutro mundo, embora Fernando Pessoa envolvesse suas costelas e descesse em zigue-zague até o rego tatuado em forma de serpente, isso devia ter um significado esotérico oculto, espero que sim, ah, esperava tanto de Ruína e ela nunca me deu nada em troca diferente de mim mesmo, vertigem, alucinação.

A pior coisa para um homem — dizia o Mago — é perder o respeito dos amigos. Amigos os cultivo, e os tenho, até aí tudo oquei. Conhecidos aos montes, e desses conhecidos posso elencar, além do Linguinha, três ou quatro "cafajestes" que eventualmente poderiam ter um caso com Ruína. Mas como? Onde a encontrariam? Na praça de alimentação do Shopping Itaquera? Na reunião de condôminos do Tower Plaza Guarulhos II?

Para ilustrar a desgraça que me esperava, o Mago me contou da amizade pessoal que — ainda hoje — mantinha com Dedé, sim, ele mesmo, o trapalhão mais sem graça e eterna escada de Didi Mocó. Usou o exemplo do Dedé (contou com detalhes os chifres e as desventuras do amigo) para ilustrar a enrascada em que eu ia me meter caso retomasse a história com Ruína, como se isso dependesse de mim, ah, se fosse por minha conta eu já estaria levando chifres dela há tempos. O exemplo do Dedé meio que me deu uma brochada. Outra coisa que me deixou insatisfeito foi o fato de dom Juanito ter desqualificado seus concorrentes. Lembro que ele me disse: "Têm uns macumbeiros que fazem qualquer negócio por dinheiro, ainda bem que veio aqui, se fosse em outro lugar você ia se foder".

Avaliando a entrevista *mezzo* à distância, e pensando bem, não acho ético — ainda que a intenção do Mago fosse me preservar "dos macumbeiros que fazem qualquer negócio por dinheiro" — desqualificar a concorrência. Tomar o céu de Aruanda para si e generalizar o bem e o mal, e desqualificar os pares, sei lá, não me pareceu algo muito idôneo, mesmo supondo que a ética dos orixás não é a mesma ética de nós, macacos, enfim, mesmo sabendo que ele poderia ter 100% de razão, não é legal cagar regras e se achar o único fodão e portador da verdade entre o céu e a terra. Também não é conveniente dar moleza para vagabundo, e aí concordo com dom Juanito. Evidentemente que faço essas ressalvas porque preferiria acreditar no beijo de Ruína a ter de acreditar no "mago das celebridades — atende nacional e internacional".

E outra coisa. O Mago mais me alertou do que ameaçou, embora eu tenha me sentido ameaçado. Vale lembrar que ele disse que se eu quisesse, com a condição de Ruína ser "minha escrava", eu a teria em minhas mãos. Em outras palavras, disse: "Vai encarar? Se quiser, amanhã mesmo ela estará batendo na sua porta". Arreguei.

Ruína mora em Itaquera, a realidade dela não tem absolutamente nada a ver com a minha realidade e com a vida dos meus amigos, já disse, sou bailarino e ela é funcionária.

— Bel me convidou para ir no bar do Mário. Vamos?

Bel é nossa amiga comum de feicebuque. Maldito feicebuque. O bar do Mário é o teatro do Mário, onde Pepito — ao menos na minha imaginação — tem sempre mais uma dose de uísque e um conselho genial para servir aos fregueses mais mentirosos, cornos, fodidos e mal-ajambrados como *yo*, às vezes mais bêbado, outras mais corno e invariavelmente o mais fodido e mal pago e mal-ajambrado. Lugar onde meus amigos cafajestes, e não tão cafajestes assim, barmen, iluminadores, atores, cafungadores, morcegos e seres da noite em geral desfilam suas graças e torpezas; onde mosqueiam, enchem a cara, falam merda e, por fim, brocham com a mulherada que aparece por lá — com o consentimento das mesmas, bom que se diga. Bar que fica a duas quadras da minha casa, onde dia sim e outro também bato ponto. Consta nos guias *off* de São Paulo como último reduto 50% heterossexual da cidade. Lugar com alta probabilidade para se levar um chifre. Batia com a previsão do feiticeiro, filhodaputa de feiticeiro.

Mesmo assim, ainda acho um exagero esse papo de ser desmoralizado pelos amigos. Destruir minha carreira etc. Só se eu matasse Ruína depois de encontrá-la boqueteando Linguinha no banheiro masculino. Em seguida mataria Linguinha e atearia fogo no bar. Até que a hipótese não é tão inviável, caso o boquete ocorresse no banheiro masculino. Se fosse no banheiro feminino os desdobramentos seriam outros — não me perguntem por quê.

Com relação à minha reputação, para salvá-la uma vez que não consigo tirar Ruína da cabeça, a fim de reescrever o garrancho escrito nas estrelas e buracos negros, aventei a possibilidade de consultar um concorrente místico, "um macumbeiro desses que fazem qualquer coisa por dinheiro" (porque não ia ter coragem de encarar o Mago novamente). Nesse caso não podia vacilar na hora de inverter o jogo, sei lá, mesmo porque — analisando bem a conjuntura — esse negócio de ir a Lúcifer para ser bonzinho e desejar o melhor para todos tem menos cabimento do que usar Dedé Santana como exemplo de corno a não ser seguido. Quem sabe um contraponto?

6

Até 1994 Joscielle havia parido quatro bacuris, todos machos para a felicidade sertaneja do velho. Na ordem que segue: Joscélio, Joscivaldo, Joscemar, Joílson. Tudo jota, joia, joinha. Todos com os mindinhos do pé meio que aleijados, avançando sobre o dedo vizinho. Minha herança.

Da faculdade de direito trouxe comigo apenas os fetiches pelas doutoras piçudas, desisti de ser advogado e, junto à escuna afundada e incendiada, parece que também havia dado — definitivamente — uma naufragada na minha boa vida de playboy oceânico e interestadual. O velho meio que desistiu de "investir" em mim, apesar de continuarmos grandes e incomunicáveis amigos. A prioridade eram os joscenildos que nasciam um atrás do outro. Antes de ir para Santos (meados de 94), dei uma ciscada pelo Brasil.

De 1994 para a frente, analisando as coisas hoje com frieza, posso tranquilamente dizer que tudo o que aconteceu comigo, aconteceu em função da literatura. Antes também, mas antes eu não sabia do que se tratava, apenas reagia diante da vida feito um carnegão infeccionado que expele pus — até que comecei a pôr a vida no papel. Toda vez que me confrontava com o dilema realidade versus ficção, enchia os pulmões e dizia para mim mesmo: "Vamos lá, vamos domar esse pangaré! Rédeas curtas, o controle é meu!".

Não é bem assim. Hoje é fácil perceber o engano, a manipulação. Não é você que — apesar do poder adquirido — põe a vida no papel, mas o contrário. Tudo concorre para que a vida o escreva, e você, inconscientemente (nem tanto, mas vá lá) participa do jogo. Jogo sujo. O que eu fiz ao longo dos últimos trinta anos senão ser escrito pela literatura? E antes disso, o que eu fazia senão prestar contas à literatura?

Ora, pôr a vida no papel é apenas uma fraqueza, e o velho, mestre em dar de ombros, sabia disso. Viadagem, ele dizia. Sentiu-se traído, e com razão. Lembro de uma cena grotesca. A segunda maior humilhação de todas — a primeira conto depois.

Pressionado pelos dias que seguiam sem que eu arrumasse uma Joscielle, casado com dona Olivetti e parindo alucinadamente páginas e mais páginas no lugar de joscivaldos e josimares, fui cobrado. E pela primeira vez pelo velho e por mamãe ao mesmo tempo. Hoje me arrependo pela resposta dada, e sinceramente teria a mesma atitude se meu filho reagisse à minha cobrança como eu reagi à cobrança deles, dando o fiasco que dei.

Acreditava que aquelas páginas datilografadas, aqueles garranchos cheios de correções e flechas, escritos e reescritos centenas de vezes, repletos de idas e vindas, indicavam antes de tudo um trabalho braçal, imaginei que o esforço físico poderia ser a via mais rápida de comunicação com o mundo do velho, eram dezenas e dezenas de páginas que provavam a olhos vistos que uma alma furiosa arregaçava as mangas e produzia a pleno vapor, aquilo era fruto do meu suor, era trabalho e também era tesão, e mais do que isso, os originais provavam a mim mesmo que "aquilo e merda", ao contrário da resposta do velho, não eram a mesma coisa. Num rasgo inédito e único de sinceridade — não lembro de ter sido tão sincero em qualquer outra ocasião — eu tentava desesperadamente mostrar a ele, e à mamãe também, a matéria sólida e tonitruante de que o filho de ambos (eu mesmo) era feito. As provas gritavam. Nunca seria engenheiro, garanhão, peão de boiadeiro ou advogado, sempre escritor.

Os originais paridos de dona Olivetti praticamente forraram a sala e proporcionaram um espetáculo dramático e visual que só não conseguiu superar o espetáculo da indiferença do velho diante do meu desespero: "Isso e merda é a mesma coisa".

Mamãe não sabia o que dizer, esboçou qualquer reação que revelava perplexidade, mas algo que afinal de contas não passava de um esboço perto do repúdio escroto do velho. Muitos anos depois, mamãe disse que me apoiou, não lembro. Lembro de ela mandar eu ir vender planos de saúde ou fazer "qualquer coisa, se vira". Que eu fizesse qualquer coisa para ganhar a porra da minha vida: "Por que você não fala com o Toninho? Vai trabalhar com ele no estacionamento, se vira".

O pior é que eles, apesar do meu show de tesão e sinceridade, estavam certos. Mas na ocasião, se tivesse seguido o conselho de ambos, vale dizer, se tivesse procurado Toninho e acreditado no meu fiasco, teria me suicidado na ducha do lava rápido.

Em poucos meses perdi aquilo que o dr. Shinyashiki e os autores de autoajuda chamam de pau grande — com dinheiro no bolso e liberdade para ir e vir e fazer o que bem entender da vida (algo que a literatura nunca me deu, é bom dizer) é muito fácil ser otimista e dono do mundo.

Depois do mico dos originais e do desdém do velho não dava mais para ficar em casa, a máscara havia caído e eu mesmo havia irremediavelmente queimado meu filme:

minha identidade de escritor que, durante tantos anos procurei esconder de mim mesmo sob o manto de vários disfarces, desde o garoto esquisito, iluminado e solitário, passando pelo estudante de agronomia, garimpeiro e advogado, até atingir os píncaros do autoengano quando acreditei que era Popeye de sunguinha vermelha, todas as tentativas, enfim, de encontrar uma égua parideira para chamar de minha, as tentativas de ser um bunda-mole com firma reconhecida e cheio de filhos e alvarás, tudo isso ou minhas *Joscielles* haviam começado a afundar junto aos originais espalhados pela sala de casa, "isso e merda é a mesma coisa".

Fui para Santos.

Tirando a amizade com o velho Pascoal, o ano de 1994 foi uma bosta. Cheguei no apartamento dele com a Olivetti debaixo do braço e completamente desacreditado. Eu tinha 28 anos e um monte de mentiras para contar e escrever. Sem um puto no bolso.

Então, pro vexame não ficar muito grande, o velho me "contratou" como motorista, secretário e faz-tudo, ganhei a alcunha de "Vagolino":

— Esse aqui é o vida boa, *dolce far niente*. Vagolino, meu neto.

Eu carregava as cadeiras de praia e instalava o guarda-sol na areia escura do José Menino. E servia de destampatório para as grosserias e nostalgias do velho carcamano, como se meus ouvidos fossem o penico de um mundo que não existia mais e ao qual eu fazia questão de me incluir porque o adorava e também o ajudava a acessar o caixa eletrônico do banco (pagava as contas de água e luz) além de incrementar seus preconceitos com minhas mesquinharias e estar à disposição dele para qualquer assunto que envolvesse putaria e escrotices em geral, por exemplo, chamava a atenção para o rabo das mulatas que eventualmente não tivessem se materializado na frente do velho putanheiro — ele dizia que eu era bom nisso — de modo que nos tornamos ótimos amigos e confidentes. Saudades daquele velho sacana que, entre dezenas de pequenas torpezas, me ensinou a detestar comida japonesa. Era eu que o levava para fazer exames de sangue e fezes (carregava as amostras com orgulho e galhardia) e que passava as noites com ele na frente da tevê assistindo bangue-bangue, torcendo pro John Wayne acabar com a raça daqueles apaches filhos da puta. Pascoalão era um grande cara. Meu primeiro leitor, ouvinte e interlocutor. Ele se divertia com meus originais, e me incentivava (lá do jeito dele) a continuar mandando bala:

— Dá dinheiro esse negócio aí de escrever?

— Sei lá, Pascoalão. Mas dá um puta tesão nos mamilos. (Já contei essa história em *O azul do filho morto*, não resisti.)

Nas horas de folga, que se resumiam a quase 99% do meu tempo, sentava nalgum banco de praça entre o Canal 2 e o Gonzaga. O problema não se resumia apenas ao tempo que não passava, Santos também não passava — como se a cidade imobilizasse o tempo dentro de uma bolha de mormaço e pasmaceira, litoral do ranço, das pelancas e da imobilidade.

Por que não Rio de Janeiro?

Porque tenho uma alma paulistana que não larga do meu pé; imigrada da Europa no final do século XIX e que — dizem — se fez com sacrifício e muito trabalho, cabe inteira no Parque Antarctica (hoje Allianz Parque), e vai me assombrar para o resto dos meus dias. Sou obrigado a acrescentar a caretice ao recheio dessa alma meio calabresa, meio muzzarela. Não existia a mais remota hipótese de ir para o Rio, lugar de vagabundo e malandro, assunto encerrado.

A italianada chucra e endinheirada gostava mesmo é de comer frango com polenta nos irmãos Demarchi, descer a serra e ir para Santos. A partir dessa alma o ressentimento e o racismo às vezes reverberam em mim — talvez por uma questão de reciprocidade e devolução —, ressentimento e racismo devidamente tropicalizados e transformados em orgulho paulistano e consequentemente ódio brasileiro, como se fosse uma herança maligna (a mesma que me obrigava a torcer pelo "Parmera" e desejar mulheres de tetas grandes e sotaques bregas), uma *herancinhaca* que me lembrava o tempo todo a quem eu devia prestar reverência e dar satisfações; digamos que fui um cavalo quase involuntário desse ódio, e que soube desfrutar dele como ninguém. Ódio adquirido por inércia desde o berço. Hoje, depois que os velhos se foram, os melhores lugares para exercitá-lo são as redes sociais ou os bons e velhos táxis. Se vacilarmos o ódio vira nosso cúmplice e confidente, a tábua de salvação. O último sofá do navio fantasma para nos agarrarmos depois do naufrágio. Não fui eu quem inventou John Wayne, nem o complexo de vira-lata. Nem o de pitbull. Não é fácil ignorar os próprios genes. Mandá-los de volta para o inferno de onde vieram significa remetê-los para dentro de nós mesmos, dentro das alminhas *oriundi* de onde fomos paridos e onde aprendemos a amar e odiar sem fazer diferença entre um sentimento e outro:

— Se vira, Vagolino.

Então, perplexo e imobilizado, remoía a inhaca-*oriundi* e passava os dias olhando o mar barrento de Santos. Amaldiçoava a modorra em que havia se transformado minha vida e o futuro que tinha pela frente. Às vezes Pascoalão me dava um dinheirinho para ir "trocar o óleo":

— Você tá precisando de uma negrinha, vai lá trocar o óleo. Isso é bom para tirar o azar.

Lembro de uma história que aconteceu antes de eu ir para o garimpo, que tem tudo a ver com minha condição de paulistano e branquelo, filho da *mamma*. Nessa época procurava a qualquer custo — talvez nem tão inconscientemente assim, porque eu já tinha uma leve desconfiança de que estava sendo trapaceado pelo destino — distância dos anos 80, de modo que qualquer gambiarra era bem-vinda para me fazer esquecer dos ataques epiléticos do Arnaldo Antunes nos palcos do Aeroanta. Vou contar.

Abastecia a camionete num posto de gasolina perto de Pouso Alegre, de lá seguiria rumo a Ouro Fino-MG, onde trocaria um guincho e mais algumas sacas de café por um terreno de 10 x 50. Nesse dia, aprendi que as palavras "cordialidade" e "imparcialidade" são as mais falsas e canalhas da língua portuguesa. Não queria escrever isso aqui. Também não vou me estender sobre o incidente e a confusão que ocorreu imediatamente na sequência. Gente morta. À época, uns me conheciam como "paulista", outros como "filho da puta". Pois bem, naquele dia enfumaçado, os fatos não estavam a meu favor. Como não estão agora. No entanto, como não sou 100% mentiroso e procuro — na medida do possível — não me omitir diante daquilo que me é cuspido nas fuças, vou generalizar e cuspir de volta. Gostem ou não gostem, aqui vai: nem Minas Gerais, nem qualquer lugar do Brasil combina com a alma *oriundi* de São Paulo. E São Paulo não combina com o resto do Brasil. Existe ódio. Um sentimento mal disfarçado, podre, latente, familiar e recíproco. E não é pouco ódio não. E se, nessa ocasião, eu não tivesse exercitado esse ódio em toda a sua plenitude, talvez não estivesse aqui — vivo? — para contar essa história. Valeu, Pascoalão.

Então, como eu dizia,

Olhava o horizonte oleoso, e amaldiçoava minha juventude e o sangue dos animais de tração/trabalhadores italianos que "fizeram o Brasil" e enriqueceram, o sangue que corria em minhas veias e que não obtinha correspondência, digamos assim. Como se eu corresse na direção contrária e o "desonrasse", ora exercitando o *dolce far niente*, ora levando a vida de "Vagolino" na boa e — sempre — escrevendo a versão menos edulcorada da coisa, minha versão. Ah, como era triste e bonito praguejar a praia escura e os navios que esperavam a vez para entrar no porto do Santos. O tempo que não passava naqueles dias é o mesmo que me trouxe até aqui, como se fosse o mesmo tempo parado, como se eu tivesse passado por ele esperando que acontecesse o contrário. Daí a sensação de ser enganado, de envelhecer e descobrir tarde demais que quem passa não é o tempo, mas nós é que passamos enquanto misteriosamente somos atravessados por ele, que continua no mesmo lugar de sempre — indiferente e parado.

7

Memória e alucinação. Idealização e desejo. Obsessão e Ruína.

Pensei em escrever para Ruína. E lembrar-lhe que, dentro de poucos meses, farei 51 anos e que não tenho a vida toda pela frente, que meu tempo urge e nossos tempos são diferentes. Que ela não vai aparecer — e que isso não é o contrário do que disse o Mago, mas pode ser a confirmação de sua previsão. Que ela é muito mais presente na ausência, e que é na ausência dela que eu me reinvento e a invoco, e sobrevivo. Seria um contrassenso se ela apenas e tão somente se materializasse. Que remoer é idealizar e que a idealização (junto com o ódio) é a matéria da qual fui parido e é o combustível que me mantém vivo, que eu só existo e existi até hoje porque sou um obcecado, que Ruína sou eu, que eu a odeio porque me odeio e a amo pelo mesmo motivo.

Ódio, amor, sangue ruim. Ela sabe do que se trata. Tanto que, depois do primeiro beijo negado "não alucina, veinho", o segundo encontro, nosso "encontro físico", quase foi um fracasso. Nós e o viadinho amigo dela a quem fomos apresentados na terceira pessoa. O que foi aquilo senão um jogo de sombras mortas? Ela sabia que se não me beijasse teria matado a possibilidade da alucinação e, com isso, teríamos nos perdido para sempre. Digo "teríamos" porque daqui para a frente considero que também sou Ruína, que também sou ela dizendo "Que beijo? Não alucina, veinho" e que, portanto, sou a negação dela, e o beijo de onde continuo caindo.

Ela vai te procurar, claro que sim. Ela nunca deixou de me procurar, agora mesmo ela está aqui conosco, no perfume vagabundo espargido na palma da minha mão; eu a adivinho e a vejo claramente também, ela está presente nas nossas ruminações e rindo da nossa cara. Não pense que ela é apenas minha Ruína, ela também o assombra e divide o altar que levantaste para Lúcifer com tanto carinho, ela está entre nós, mago das celebridades: ela é o desespero que os seus consulentes trazem da rua, é a sombra deles, ela é o maligno que carrego comigo desde criancinha. Entrei com ela, e sairei com ela. O que é a presença física diante disso?

O que é um boquete na coxia de um palco? O que é um teatro incendiado? Parece óbvio que troquei aquilo que sobrou de mim, depois da morte dos meus pais, por essa obsessão. Ela é o joscenildo que tenho, é o aborto que me ilumina, a clareira. Pois naquela tarde, um dia depois da morte de mamãe, quando ela tocou o interfone de casa, eu já pressentia a clareira. A coisa aconteceu imediatamente, é fato. No lugar de mamãe coberta de flores, o beijo negado de Ruína, depois o beijo e a clareira que se abriu novamente, e a queda do beijo. Houve uma troca. Os místicos chamam isso de metempsicose: significa transmigração de almas e corpos.

Ruína é a única coisa que posso dizer que pulsa em mim. O resto e o entorno, e tudo o que eu era antes da morte dos meus pais, perdi. A obsessão assumiu o controle. O único sinal de vida que tenho para dizer a mim mesmo que continuo existindo é Ruína. Sou uma ilha de obsessão cercado de traições, decepção e perda por todos os lados. Se me transformei nisso pelas circunstâncias ou por destino ou por mérito próprio não vem ao caso. Se ela emergiu das profundezas do inferno, se ela é uma maldição e o seu objetivo é me enlouquecer, isso não vem ao caso. Também não me interessa saber se ela, além de ser minha ruína, é a ruína de si mesma e de todos os que estão direta ou indiretamente ligados a essa história. Não vai fazer diferença alguma saber se a vadia está trepando c'uma matilha de buldogues ou se está zelando pela filha no Hospital de Câncer de Barretos, o que sei é que ela me trai, ela sempre vai me trair. Não seria o caso nem de entender por que primeiro negou o beijo e depois me beijou. Só queria entender o beijo. Você já caiu de um beijo, malandro?

A queda do beijo é a obsessão, mas não é, ainda não é o suficiente para me destruir. Qualquer outro sucumbiria ao remoer e tentar compreender o vaivém de Ruína, qualquer outro já teria ficado maluco, eu não, eu não me perco completamente, antes me alimento. Não se trata de resistência, nada disso, longe disso. E só o meu jeito muito particular de produzir o veneno que mata e alimenta, de me vir refletido no espelho. "Ela vai acabar com você, vai destruí-lo."

— Tudo o que você pensa que construiu na vida vai ruir diante dela.

Enquanto ela não vier, faço apenas construir uma catedral cujos tijolos são a loucura e a argamassa é a obsessão. No etéreo e no metafísico estou ganhando de 7 a 1, e continuo caindo.

8

— Mais uma dose, Pepito. Uma não! Economiza a viagem. Põe duas doses aí.
Aproveitei para acender meu cigarro metafísico, e virei o copo. Pepito se aproximou:
— Habló con el Mago?
— Dom Juanito, o mago das celebridades!
Repeti duas vezes "o mago das celebridades!". Cada vez repetia mais alto e animadíssimo "dom Juanito, o mago das celebridades!" — os clientes das outras mesas suspenderam a conversa, e eu continuei:
— O cara é bom mesmo! Adivinhou tudo. Sabe quem é freguês dele?
Pepe-Pepito ficou meio sem jeito, como se eu estivesse sendo indiscreto, e estava, como se eu tivesse passado dos limites, e passei. E então, visivelmente arrependido de ter feito a pergunta, desconversou:
— Más una dose? La seguinte es por cuenta de la casa!
Por cuenta de la casa? Que novidade era aquela? Claro que aceitei. Pepito e o barman trocaram olhares de reprovação e cumplicidade. Parecia que eu não correspondia à discrição de ambos, de repente me ocorreu uma maluquice. Tive a convicção de que eles e Juanito, "o mago das ce-

lebridades — atende nacional e internacional", sei lá, tinham algum acordo por debaixo dos panos naturais e sobrenaturais. Avaliei que barman e garçom podiam trabalhar para o Mago na base da comissão, e que talvez Linguinha fosse aliado deles. Uma equipe! Por que não? Pois era praxe bebuns como eu contarem a recontarem a dor de corno em detalhes, eu mesmo devo ter repetido minha história umas duas mil vezes, e aí com a ficha do corno e o serviço adiantado, bastava o Mago "adivinhar" e chutar pro gol.

— O Eike! — gritei. — A Elke também! — em seguida, feito um macaco, pulava de mesa em mesa e gritava: — Eike! Elke! Eike!, a Elke é amante do Mago! A Elke Maravilha é amante do Mago!

Recordo vagamente do barman e de Pepito me colocarem dentro de um táxi.

No dia seguinte, em casa, descartei a hipótese da comissão. O constrangimento que causei no bar e as reações de Pepito e do barman me diziam que a coisa era mais séria. Imaginei que barman e garçom podiam ser discípulos do Mago. Além disso, deixei escapar um detalhe que só agora me lembrei. O secretário do Mago. Um loirinho tipo Paquito.

O verme vestia uma bata franciscana e transpirava fraude e picaretagem por todos os poros da assistência que prestava ao Mago, tinha o cabelo cortado em forma de cuia. Logo que saí da audiência com dom Juanito, topei com ele. Lembro do puto esfregando as mãozinhas e lembro do brilho intenso em seu olhar, lembro dele perguntar pro Mago: "A volta é para quando, mestre?". Dom Juanito cortou a onda do Paquito, olhou para mim, e disse: "Não precisa voltar". A decepção do Paquito era tão evidente quanto sua figura canastrinha. Eu não necessitava de "um trabalho" que, segundo as revistas de fofoca, custavam fortunas às celebridades nacionais e internacionais que pediam socorro a dom Juanito, mago do Eike e das celebridades globais — que atendia nacional e internacional.

A postura do feiticeiro — digamos — a honestidade metafísica dele é que me intriga até hoje. Como se ele prescindisse da picaretagem e realmente soubesse da encrenca em que eu havia me metido, como se dissesse "você já está fodido demais, não vou abusar". Ora, isso significava que ele realmente tinha poderes sobrenaturais? Ou seria uma tática para ganhar confiança? Confesso que, apesar das patadas que levei, gostei dele. A ponto de... se fosse o caso... consultá-lo novamente.

E aí, tenho certeza, Paquito teria todos os motivos do mundo para celebrar a fraude e vibrar de alegria. Também tenho minhas vidências. E vejo Paquito nos cemitérios e encruzilhadas prestando assistência ao Mago, carrega velas amarelas, vermelhas e pretas, vejo-o untando cavanhaques de bodes e mechas de cabelos tingidos de acaju; nesse momento prepara os homúnculos para os rituais da lua cheia, a mesma lua que o ilumina sinistramente. Parece que Paquito está na minha frente, aqui e agora, ele acaba de retirar uma boneca mutilada de sua mochila cor-de-rosa comprada nas Lojas Americanas. Sabe que o observo, e faz a ceninha que lhe cabe: beija o próprio ombro, olha para mim através do espelho quebrado, e diz falsamente "love U".

Talvez tenha sido esse meu dom para ver as coisas erradas nos lugares certos e vice-versa que o Mago identificou, e, talvez por causa disso, tenha me poupado dos "trabalhos & oferendas". Quase posso apostar que foi a partir desse lugar — atrás dos espelhos — que rolou a empatia entre *nosotros*. Vai saber? A única coisa que sei é que, depois do segundo beijo, Ruína sumiu.

— Ela sumiu, Pepito! Traz mais um.

* * *

O que não desaparece é a profecia do Mago: "vai ser sua ruína". Problema é que, intimidado com a severidade da sentença, a questão parece que se encerrou aí, mas existem outras possibilidades, ramificações e desdobramentos que não considerei porque minha covardia e o medo aliados à limitação moral do Mago — até agora — não me permitiram ir além do diagnóstico dele: de que Ruína ele falava? Ou melhor, de quais Ruínas?

Tanto que me ative à hipótese de Ruína me trair com os caras do bar do Mário. O julgamento moral do Mago, afinal, é que me induziu e restringiu a essa hipótese, única e exclusiva Ruína.

Como se o meu Titanic de pureza e honestidade estivesse irremediavelmente em rota de colisão com o iceberg Ruína, como se não houvesse outra hipótese de desastre senão colidir com Ruína, não é bem assim. Nem ela é um iceberg de premeditação e filhadaputagem nem eu sou um Titanic de pureza e honestidade, às vezes as tragédias podem funcionar noutro diapasão, bem mais sensato e previsível.

Para entender isso terei de voltar ao beijo. E para entender melhor a vertigem e a queda desse beijo — continuo caindo — vou usar de um recurso que não acho muito legal, como se fosse um poeta me servindo de rimas para versejar. Terei de contextualizar a coisa.

Seguinte:

Trocamos algumas mensagens no inbox do feicebuque. Ruína ainda negava o primeiro beijo, dizia que o "veinho" aqui estava "alucinando", queixava-se do desgaste de seu casamento que durara incríveis seis anos de submissão e dedicação. Eu não conseguia imaginá-la submissa "mulherzinha" dele nem de qualquer outro porque invariavelmente nas minhas lembranças ela me engolia e dominava, tanto no sexo como sob qualquer outro pretexto e/ou situação. Sempre ela.

Ruína me contou das diversas tentativas de reconciliação fracassadas. Até a ruptura em Portugal, poucos dias antes de ela ir bater o interfone lá de casa. Coincidentemente eu havia estado em Lisboa naqueles dias. E pensava muito nela, atravessava Lisboa de madrugada praguejando-a, acusando-a de burrice por me deixar sozinho no melhor momento da minha vida, pois eu acabava de ser publicado na terrinha por uma editora maravilhosa, mas não tinha ninguém diferente da minha solidão para dividir meus dias de príncipe em Lisboa.

E jamais poderia cogitar que Ruína terminava um casamento perto de mim, eu hospedado no Hotel X e ela no Y. Quando ela me falou dos "pequenos almoços" silenciosos, dos beijos de língua que se transformaram em selinhos forçados, do itinerário brega que cumprira em Lisboa, da fila imensa na Torre de Belém, dos mesmos lugares que percorremos, ela em final de casamento e eu misteriosamente — sem qualquer explicação plausível — a lembrar de nossas trepadas de seis anos passados, ah, pensei e cobrei de mim mesmo: por que não eu no lugar do maridão infeliz?

Daria toda a minha obra para estar no lugar desse filhodaputa, e ter a felicidade de encerrar um casamento idiota na manhã de um "pequeno almoço" brochante de um hotel três estrelas em Lisboa.

A infelicidade doméstica que nunca tive, os selinhos das bocas murchas, o tempo executando o servicinho sujo de acordo com o gabarito das luas de mel que correspondem às receitas que os magos e as agências de turismo parcelam em até dez vezes no cartão de crédito, trocaria toda a minha obra por um selinho de boca murcha em Ruína. De modo que ouvir as lamentações de Ruína ao mesmo tempo era um alívio e algo degradante para mim, eu deixei isso bem claro, que não entendia por que dava corda a ela, e sem entender até agora, só posso atribuir isso a dois sentimentos: o primeiro e óbvio, e que se encontra além de qualquer explicação, é evidentemente o amor. E o segundo é a obsessão fruto das migalhas e sobras desse amor de merda. Fazendo as contas, não é difícil chegar à conclusão de que o casamento do amor com a obsessão é algo que se aproxima muito do estado de graça ou da psicopatia, depende de quem ama ou de quem mata.

Contextualizado o não encontro, nos falamos mais duas ou três vezes via feicebuque. Atingimos o auge daquilo que avaliei erroneamente como "desapego" de Ruína, quando supus que tinha uma base sólida para imaginá-la ao meu lado (ela e minha enteadinha-satanás que provavelmente iria me seduzir quando atingisse 14 anos de idade...).

O auge, enfim, se confirmou quando Ruína me revelou a gota d'água para o final do casamento. Tive ímpetos de comprar fogos de artifício, o fato de ter esperado seis anos para que ela voltasse era café-pequeno diante do ridículo que marcou o final de seu casamento. Eu merecia um desfecho desses. Teria valido a pena esperá-la por tanto tempo. A esperaria novamente seis, sessenta, seiscentos, seis mil anos para que o casamento de Ruína terminasse assim: esqueceu de comprar pilhas para o controle remoto da tevê.

Repito: o casamento acabou porque Ruína esqueceu de comprar pilhas para o controle remoto da tevê.

Outra vez: Ruína esqueceu de comprar pilhas para o controle remoto da tevê. O cara que passou seis longos anos na companhia de Ruína havia surtado porque ela esquecera de comprar pilhas para o controle remoto da tevê. É a boca murcha desse babaca que me dá selinhos repulsivos e me alimenta, ele que me mantém vivo, é das migalhas desse infeliz que me ilumino e é isso, Ruína, o que tenho para chamar de nosso amor.

Tenho para mim que casamento é uma modalidade de TOC em que um maníaco alimenta a compulsão obsessiva do outro. O uso de drogas alucinóginas, como o amor e os filhos, pode prolongar a sensação artificial de completude, gerando no casal de doentes a volúpia de seguir em frente e não se desgrudar até que a morte os separe ou até que você, eventualmente, esqueça de comprar pilhas para o controle remoto da tevê.

Então — como já disse — ela me convidou para tomar umas cervejas na Praça Roosevelt, levou o amigo viado a tiracolo, sapecou aquele beijão maravilhoso e depois sumiu.

Agora me lembrei de um detalhe que evidentemente não é apenas um detalhe e que acrescenta mais uma hipótese à sentença do Mago. Naquela mesma noite, Ruína me ligou dizendo que havia chegado sã e salva no aconchego de seu lar em Itaquera. E queria saber se o amor dela (eu mesmo) também havia chegado bem em casa.

Um cuidado rotineiro que decerto dispensara milhares de vezes — talvez num mesmo dia — para o ex-marido selinho boca murcha: "Chegou bem, amor?".

Creio que 100% dos leitores hão de julgar esse "cuidado" algo dispensável e típico dos lugares-comuns e das misérias mais redundantes da convivência, mas para um obcecado e pobre fodido como eu, o telefonema de Ruína significou nada mais, nada menos do que a explicação para a presença humana sobre a face da Terra, minha salvação. Em menos de 24 horas ela me disse que havia terminado um casamento porque esquecera de comprar pilhas para o controle remoto e que havia chegado bem em casa, e você, amor, chegou bem?

9

Tornar-se refém dos lugares-comuns de uma dona de casa que eventualmente dá suas "escapadinhas" não seria a mesma coisa que incendiar teatros e assassinar os amantes que imaginei para ela? De que Ruína tratava o mago das celebridades?

10

Novamente apaixonado, passei a visitar a página dela no feicebuque. Cadeiras de plásticos enfileiradas em salões de festas vazios momentos antes da reunião de condôminos, pilates, filha, escolinha, a nova tatuagem que lhe cobria as costas, unhas azuis, a agenda dela parecia lotada. Brega, ela sempre foi muito brega. Eu caía do beijo que não terminava nunca, e inventava bares, encontros em cidadezinhas românticas na Serra da Mantiqueira, cheguei até a me hospedar num chalé à beira de um rio e mandei as fotos para ela: que ficou encantada com o lugar, e não apareceu. Comprei um cordão de ouro e escolhi a esmeralda mais linda, e ela não o usou. Perdi a conta das inúmeras tentativas e convites para prolongarmos o beijo, mas ela me enrolava e nada surtia efeito.

A sentença do Mago reverberava sobre meus cornos, ela vai voltar e vai acabar com você. Apesar de me sentir refém dos lugares-comuns, refém do beijo e em queda permanente, já disse, considerava que a dependência psicológica e a obsessão caseira que tinha por Ruína era pouco para me levar — desculpem o trocadilho — a ela, Ruína. Passaram-se três semanas, e eu resolvi alugar um apartamento em Copacabana. Antes mesmo de dar a primeira mijada mandei um torpedo para ela, que dizia: Ronald de Carvalho 166, apto. 51. Ruína respondeu imediatamente dizendo que havia localizado o apartamento no Google, que era mesmo perto da praia. Tem dois quartos? Um só? A gente dá um jeito, Clarinha dorme na sala.

Se as pilhas esquecidas do controle remoto me levaram aos céus, o comentário despretensioso "a gente dá um jeito, Clarinha dorme na sala" significou um corte epistemológico. A partir daí o patamar era outro, depois de cinquenta anos eu finalmente havia dado entrada — com méritos e pela porta da frente — no lugar que Darwin chamou de espécie humana e que o Mago chamava minha Ruína.

À expectativa juntaram-se, dia após dia, as mesmas desculpas esfarrapadas de sempre somadas a um jogo de intimidades que perigosamente e aos poucos se aproximava da amizade e da confidência de comadres, eu não sabia mais como atravessar as ruas, pensei em consultar o Mago novamente, estava completamente descalibrado e caía do beijo a cada nova desculpa ou mentira de Ruína adiando o novo encontro. Resolvi dar um ultimato: vem ou não vem? Tá a fim ou não tá? Ela simplesmente disse que não. Que não queria, que precisava de um tempo para namorar a si mesma. Namorar a si mesma? Isso era mais triste que as cadeiras de plástico enfileiradas no salão de festas vazio antes da reunião de condôminos. Que porra?

Tem alguns lugares-comuns que são intoleráveis até prum babaca apaixonado do meu feitio. Mas como continuava além de babaca e apaixonado, psicopata, avaliei que namorar a si mesma não era a mesma coisa, por exemplo, que dar pro Linguinha. Ia passar. E enquanto não passava, íamos nos "curtindo" no feicebuque: que merda.

Uma situação que não combinava conosco. Desde sempre o cinismo foi um dos elos mais fortes que nos uniu.

Quando tivemos um caso há seis anos, eu fazia as vezes de válvula de escape para o mundinho de planilhas e notas fiscais que a sufocavam e, para tanto, isto é, para desopilá-la bastava corresponder aos fetichezinhos da dona de casa que dava uma "escapadinha". Na prática isso queria dizer que eu cumpria o papel do escritor "maldito" (logo eu...) que gozava na cara da supersíndica e da mãe que não perdia uma reunião de pais na escolinha da filha. Usava e abusava da cartilha do pornoamante bem-sucedido: a levava ao espelho e a chamava de vagabunda, e dizia coisas banais do tipo "dá uma olhada na porra que escorre da sua carinha de super-síndica" e, assim, éramos felizes, realizando putariazinhas triviais cinquenta tons de mediocridade — mas eram trivialidades nossas, não tinha rede social para fazer a intermediação; daí que curtir e trocar *emoticons* no feicebuque não significava somente um retrocesso constrangedor, mas era o equivalente a cuspir no nosso próprio túmulo, erigido na base do deboche, cinismo e de muita porra escorrendo naquele rostinho lindo de supersíndica.

Nosso sexo nunca teve boca murcha de selinho, era tesão 100%. Ela nunca me deu a chance de brochar, havia seis anos que a esperava de pau duro. E o mais curioso e triste é que essa ereção sustentava-se com migalhas, com os selinhos fracassados que ela trazia de casa. A filha da puta sempre me deu migalhas. Não eram as sobras de um banquete de reis e rainhas. Mas as migalhas mais escrotas, os restos de uma vida de merda levada ao lado de um inseto, de um marido que lhe cobrava pilhas para o controle remoto. De desculpas esfarrapadas e esperanças patéticas "chegou bem, amor?".

Nota. Eu nunca precisei nem quis nada diferente disso.

E desde sempre, desde que me apaixonei, amei, alucinei, me iluminei, isto é, desde criancinha, independentemente do objeto e da forma ou do movimento da cor ou do sentimento, sempre foi assim. Uma vez casei com um muro de rododendros, até hoje sou apaixonado por halls de entrada de edifícios de classe média que emulam palácios venezianos e breguices afins, dos halls de Verona a parquinhos de diversões abandonados em praias vazias, passando pelo ruído de bombas d'águas e biombos de salão de beleza, qualquer migalha sempre teve o poder de me levar a outras dimensões, até que as migalhas se transformaram em mulheres, que se transformavam em vultos, dentes e gengivas escuras, unhas compridas, pelos dourados de um antebraço que resvalavam no meu cotovelo por engano, qualquer migalha bastava.

Intenso e psicopata como o amor que alimento por Ruína, me lembro apenas do amor que tive pela filha do geriatra malufista que cuidava do Pascoalão, a diferença é que Ruína me deu migalhas e a filha do geriatra nunca soube que eu era louco por ela, nem isso. Até que a encontrei no feicebuque, e — depois de trinta anos — declarei meu amor. Não obtive resposta. Lenise, o nome dela. No perfil do feicibuque consta "nenhuma informação sobre relacionamento". Somente algumas fotos de Lenise ao lado do filho. Moleque esquisito, queixo anguloso e um sorriso tímido de lábios finos, triste. Atrás de mãe e filho uma paisagem congelada. Castelo, e lago. Dei uma corrida nas postagens dela, e nada de pai. Só ela e o garoto triste. Podia ter sido diferente, menos óbvio. Talvez mais "trágico e sem compromisso", sei lá, parecia que mesmo depois de três décadas Lelê não destravava. Incrível é que, depois de trinta anos, eu ainda me lembro de ter encostado meu antebraço em suas costelas. Lembro que ela olhou para mim radiante, e eu, embaraçado, recuei e pedi desculpas. Nesse momento, creio, contaminei-a com meu amor doentio. Um pouco da paisagem congelada e da fumaça que sobe do lago em direção a um céu desbotado de outro mundo, um pouco disso e 100% da tristeza do filho dela, sou eu hoje, aqui, à espera de Ruína.

11

— Não lembro mais de mim, sempre estive casada, agora quero me dedicar a Clarinha e a mim mesma, vou me namorar.

Justo agora que havia chegado minha vez, porra? Por que diabos ela me deu aquele beijo? Se eu já era um psicopata obcecado, depois da resolução de Ruína me transformei num psicopata esquizofrênico com síndrome de perseguição e transtornos compulsivos e obsessivos incontroláveis. Perdi a conta das teses que ajambrei para entender o que se passou conosco. E o pior é que as teses entravam em metástase, e se misturavam umas às outras, ramificavam, davam nó, ensejavam outras teses e eu já não conseguia mais atravessar uma rua, dormir, bater uma punheta decente, fazer nada. A coisa chegou a um estágio em que meu corpo começou a reagir com autonomia, a ponto de metade do meu intestino ter dado à luz por conta própria, desceu, eu expelido de mim mesmo.

Pari um pinguelo, que ficou dependurado no meio do cu.

A ejaculação também descalibrou, no lugar do líquido viscoso e grosso, um mijo de porra sem consistência tirado das gônadas do inferno que eram o resumo e o espelho dos meus dias depois daquele beijo. Perdi completamente as estribeiras quando vi as fotos dela numa espécie de hotel fazenda ao lado de um sujeito disfarçado de monge, sacerdote ou algo que o valha. Maldito feicebuque. Os dois vestiam quimonos felpudos na frente do altar de um Buda lascivo que ria da minha cara, e dizia "corno, trouxa, te fode otário". Não bastasse, embaixo das fotos do casal, o recadinho do monge do hotel fazenda:

— Gratidão.

Foi o que o puto escreveu, com aquele cinismo peculiar de quem fodeu a noite inteira. Não satisfeita em responder "gratidão eterna", a filha da puta acrescentou uma dezena de *emoticons*: coraçãozinhos, passarinhos, florzinhas, exclamações etc. Nojo. Vômito. Pus. Escaras. Diarreia. Buda do caralho. Pinguelo no cu.

Logo ela? A cética que há menos de um mês havia debochado do enterro de mamãe? Aquele papinho de que ia "namorar a si mesma" não combinava com a figura que eu conhecia, alguma coisa estava muito fora do lugar e mal explicada, eu sabia que ia dar em merda. Agora postava fotos num hotel fazenda ao lado de um monge de aluguel que, não satisfeito em proclamar sua "gratidão" ao universo, acrescentava aos *emoticons* frases edificantes do tipo "o Deus que habita em mim saúda o Deus que habita em você". Foi nesse dia, precisamente nesse dia, que o pinguelo brotou no meu cu.

Tinha de fazer alguma coisa. Liguei pro Mago. O filho da puta fingiu que não era com ele. O cara que deu o *start* em toda essa merda se passou por outra pessoa e nem se deu o trabalho de disfarçar a própria voz. Do além ou do outro lado da linha, escapou pela tangente: "O Mago está atendendo", puto.

Senti o pinguelo latejando, devia ter saltado mais uns dois centímetros para fora do cu. Fui para o bar.

* * *

— Traz mais um, Pepito.

Devia ser o sexto ou sétimo uísque. Eu pensava n'alguma forma de contar a Pepito o que havia acontecido comigo naqueles dias. Quando um bêbado pensa, ele não pensa, ele fala, fala pelos cotovelos, contei. O que me recordo é que o monge do hotel fazenda havia tomado o lugar de Pepito, e que o barman ora se transformava em Buda de hotel fazenda, ora no Paquito assistente do Mago, ora Linguinha me mostrando a linguinha, os quatro rindo da minha cara acompanhados de Pepito e do Mago que — outra vez — me depositaram no táxi de volta para casa. No dia seguinte notei que o pinguelão havia crescido mais uns quatro centímetros. Eu estava literalmente me fodendo. De dentro para fora e vice-versa. Voltei para o Rio.

Precisava me livrar do bar do Mário e das influências do Mago. Já era alguma coisa porque eu não me livraria de Ruína tão cedo, e o Pinguelão não parava de crescer, a cada dia maior e mais intempestivo. O proctologista me aconselhou banhos de assento, se não diminuísse teria que entrar na faca. Então reclamei com Ruína no inbox: que porra é essa de spa zen, monge garanhão, buda debochado e o caralhaquatro?

Ruína espalhou abomináveis "kkkkkkkkkkkkkkkkk" no reservado. E com um desapego de fazer um pelotão de fuzilamento ou Sidartha Gautama corarem de inveja, respondeu: "Bobo, nada a ver, voltei com meu ex".

— O cara das pilhas do controle remoto???

* * *

Perto de Ruína sou o cara mais lúcido do bar do Mário. Ela poderia ter me traído com Linguinha, com o monge do hotel fazenda, com qualquer filho da puta e talvez com o Paquito em noite de macumba e lua cheia, com o barman ou até com meu pinguelo anal que havia adquirido personalidade própria e não fazia parar de crescer!

Mas voltar para o cara que a dispensou por causa das pilhas de um controle remoto? Os detalhes que ela havia me contado da tortura que foram seus dias em Portugal, as tentativas vãs e desesperadas de salvar o casamento, e o pior, o deboche e o desprezo com os quais se referia ao "coxinha do controle remoto" nada indicava que aquela situação teria conserto. Era *c'est fini*, ponto-final, caso encerrado.

Podia acontecer qualquer coisa, todavia ela jogava na minha cara o desdobramento mais escroto e improvável, da maneira mais fria e comezinha, como se fôssemos amiguinhos de feicebuque "kkkkkkkkk"; como se ela não tivesse aparecido em casa no dia seguinte ao enterro de mamãe, como se ela não tivesse me beijado na Praça Roosevelt, como se Clarinha não mais tivesse que se acostumar a dormir no sofá-cama do apartamento do trouxa que ela chamava de "meu amor", como se eu não tivesse escrito dois livros inspirados em sua babaquice, sim, porque escrevi dos livros para ela voltar para mim e não para voltar para o verme do controle remoto, porra.

Ruína simplesmente comprou as pilhas exigidas pelo maridão e voltou ao Shoptime que vendia cogumelos do sol, implantes capilares e viagens a Disney em dez vezes no cartão de crédito: a primeira parcela você paga só depois do Carnaval, palhaço.

Alguma coisa não se ajustava. Ou era um desvario inexplicável da parte dela, ou ela era uma idiota de verdade, um verme — como eu especulei aí em cima —, e somente um verme ou um maridão que exigia pilhas para o controle remoto podia se apaixonar por outro verme, autofagia, uma história de vermes devorando vermes... e a coisa se encerrava aí mesmo?

Agora vem o pior. Senti um certo alívio porque não me julgava propriamente traído. Se ela tivesse se enrabichado por qualquer outro habitante do sistema solar, qualquer um menos o ex-marido, aí sim, eu teria todos os motivos do mundo para odiá-la, sobretudo depois do beijaço que ela me deu na Praça Roosevelt e do qual eu continuava a cair — aliás mais do que nunca caía vertiginosamente, sem qualquer rede de proteção e em queda livre de mim mesmo, uma queda que não tinha parâmetros ou termos de comparação, algo que se aproximava de um pinguelo metafísico sem intestino, isto é, sem origem e sem destino.

Nem o Mago em suas previsões mais catastróficas chegara a uma resolução tão excêntrica, nada que se aproximasse de tamanho absurdo. De modo que voltar para o maridão do controle remoto era o equivalente a um apocalipse sem os quatro cavaleiros ou, sei lá, a mesma coisa que prever o 11 de setembro e esquecer da existência das torres gêmeas. Além do absurdo da situação em si, o maior desajuste e o pior de tudo foi eu ter me fortalecido, avaliei que o maridão não era concorrente. Em pouco tempo ela ia notar que voltar para o imbecil significava apenas mais uma tentativa de uma idiota, ela, de voltar para um imbecil: ele que exigia dela pilhas para o controle remoto, nada mais que isso, uma idiota e um imbecil. Uma fraqueza que não condizia com o cinismo do qual ela era *habitué*, com o cinismo, por exemplo, compartilhado com o monge de aluguel do hotel fazenda, com o cinismo do nosso amor.

Ou a volta teria sido o avanço tecnológico de um cinismo autodestrutivo, algo que ia além dos "kkkkkkkk" e da minha reles interpretação e compreensão dos fatos?

Talvez a filha tivesse influenciado em sua decisão, era

a única explicação plausível: a filha, o pretexto número um, o pretexto incontornável — e mamífero —, sempre a filha. Ela havia me dito, numa de suas infindáveis depreciações a si mesma e ao casamento, que a menina era muito apegada ao babaca do controle remoto, e que tolerar a presença dele em casa significava o maior constrangimento depois da separação. Um sacrifício em nome da filha. Todavia não acredito que Ruína seria capaz de tamanho sacrifício, por mais que a especialidade dela fosse usar a menina como escudo e anteparo, a intenção dela, acima de tudo era e sempre foi, além de proteger a garota, proteger a si mesma. Ora, voltar para o babaca do controle remoto significava o contrário disso, de qualquer ponto de vista as coisas não se encaixavam. Por que desistiria de si? E por que se entregar exatamente para o inimigo?

Creio que não preciso dizer mais uma vez que esse retorno improvável só fez aumentar o amor que sentia por ela, porque aumentou o amor que sentia por mim, como disse e repito, me fortaleci e fiquei ainda mais obcecado, além de me fortalecer no amor, também havia me fortalecido na doença. Combinação perfeita — bom que se diga.

12

A cada dia as respostas e ameaças do Mago se afastavam mais das minhas perguntas e elucubrações. O vaticínio dele era colocado em xeque por Ruína que voltara para o idiota do controle remoto. O tipo de lacuna, a meu ver, insustentável. Tanto quanto a inusitada decisão dela, ambos insustentáveis. A decisão de Ruína e o vaticínio do Mago precisavam ser confrontados, eu tinha necessidade de um contraponto como um doente terminal precisa de mais de um diagnóstico antes de morrer. Uma chance. Além disso, julguei o fim da picada dom Juanito ter fingido não reconhecer minha voz ao telefone. O sujeito que injetou o pânico e a obsessão em mim não podia sair pela tangente com a desculpa esfarrapada de que "o Mago não pode atender, está ocupado". Ora, meu cu também estava ocupado com uma hemorroida gigante, mas não era por causa disso que eu ia deixar de cagar, nem se eu quisesse.

E foi assim, por necessidade orgânica, que cheguei a madame Jordana, a vidente mais antiga de Copacabana. O anúncio pregado no poste atiçou minha curiosidade. Imaginei Nelson Rodrigues a segurar um embrulho debaixo de um braço, e o guarda-chuva no outro, o rei das obsessões, o velho anjo pornográfico a se espremer pelas sombras da pequena vila encrustada no começo da rua Belfort Roxo — onde a jovem cigana o receberia na Casa 3.

— Desde menininha tenho o dom.

E o Mago? Quem o frequentava? Eike? Dedé Santana? Quando dom Juanito engatinhava madame Jordana já vislumbrava a hora da estrela para outras feiticeiras e feiticeiros que praticamente eram seus vizinhos de bairro. Do Leme, Clarice não ia gastar mais do que dez minutos, bastava atravessar a avenida Princesa Isabel e andar duas quadras até a vila da Belfort Roxo.

A velha cigana me recebeu com um sorriso de menina num rosto secular. Abriu as cartas.

— Muita inveja.

O rame-rame de sempre. Começa com a inveja, depois vem o bom coração e minha proverbial tagarelice (que sempre me prejudica)... em seguida meus guias e protetores se manifestam e garantem que meus caminhos vão se abrir caso eu tome algumas providências. Madame Jordana seguia o protocolo, até que eu disse "mas madame":

— Não fala nada, meu filho.

Então ela me pediu para cortar o baralho. Não foi difícil adivinhar — porque afinal de contas e segundo madame eu também era "médium" — Ruína estava lá: escrita nas estrelas e nos buracos negros das galáxias mais escrotas:

— Ela está aqui!

Madame Jordana deve ter surfado em muitas ondas na Copacabana dos anos 60 e 70 do século passado. Depois da consulta, mostrou-me um álbum de fotografias e recortes amarelados de jornais publicados em priscas eras, havia sido umas das Certinhas do Lalau, modelo de maiôs da Loja Futurista, tinha até uma foto dela, linda, jovem e loura estampando a coluna do Zózimo. Comecei a simpatizar com madame.

As cartas abertas seguiam uma lógica. Visivelmente contavam uma história. Como se alguém tivesse mexido no eixo de um planetário e transferisse a abóbada celeste para a superfície de uma pequena mesa de fórmica, madame Jordana manipulava as cartas como se alterasse a rota e a órbita dos astros — como se fosse a mesma criança que novamente abria o sorriso para mim — como se pudesse brincar de cosmogonias e de trocar de lugar os destinos e as expectativas de seus consulentes. Além da simpatia mútua que só fazia aumentar, notei também uma certa cumplicidade entre *nosotros*; os jogos da ficção e da realidade (ou nossas brincadeiras, eu escritor e ela titereira) se imiscuíam a cada nova carta que madame abria e/ou trocava de lugar, como se juntos manipulássemos o baralho mágico:

— Duas coisas. Precisamos fazer um agrado para a pomba-gira, você e a pomba-gira dela tem um problema de outras vidas. Nunca lhe falaram nada? Depois tem uma amarração. Veja, está aqui. As cartas não mentem, ela foi amarrada. Ele correu atrás do prejuízo. Temos que desfazer esse trabalho. Mas ela é sua e você é dela. E não é de hoje, vocês, além da pomba-gira, tem uma ligação de outras vidas. Os três.

Então o idiota do controle remoto fez macumba para amarrá-la? Além de idiota, macumbeiro? E a pomba-gira dela era a responsável pelos chifres que levei, por todas as desculpas esfarrapadas, pelo remoer dos anos sem ela, pelos vexames que dei e por minha conta no bar do Mário? Foi a pomba-gira que fez ela aparecer e desaparecer nos momentos cruciais? Ela que tragou os cigarros de Ruína, me fumou e me jogou no abismo daquele beijo? Tratava-se de uma disputa astral?

As diferenças de madame Jordana para o Mago gritavam. A principal delas era que madame falou aquilo que eu queria ouvir:

— Temos que agir.

Foi a pomba-gira que chupou o pau do monge do hotel fazenda? Era ela a responsável por todos os sumiços, vacilos e migalhas de Ruína? Ruína não era mais minha ruína? Tratava-se de uma santa?

* * *

Já que tudo de bom, que evidentemente tem uma ligação com tudo de ruim que aconteceu conosco, teria o dedo da tal pomba-gira, eu só queria saber: que *cazzo* de sacanagem eu teria feito para essa entidade empata foda noutros carnavais? Qual a parte de Natasha nisso? Atribuir os vacilos dela, e eram muitos, à entidade que empatava nossa foda não era algo 100% convincente. Afinal de contas, muito do charme de Ruína brotava do fato de ela ter sido sempre uma escrota filhadaputa comigo: "Que beijo? Não alucina, veinho".

E mais. No frigir da omelete, foi ela, Natasha, quem voltou pro babaca do controle remoto, creio que não existe uma pomba-gira neste mundo, nem no aquém e muito menos no além, que tomaria uma resolução tão brochante como essa.

Diferentemente de dom Juanito, que partiu para o ataque demonizando "Ruína" e dando pitacos moralizadores além de desqualificar a "macumbeirada" concorrente, madame só fez adivinhar, diagnosticar e dar (ou pelo menos encaminhar) uma solução ao problema que levei a ela. Entendo que dom Juanito tinha lá seu estilo (que em princípio me agradou, não nego), mas o encanto de madame Jordana ia *mas allá*; mil vezes o encanto da velha cigana, que — repito — em nenhum momento desqualificou quem quer que fosse, do que o baixo-astral esclarecedor de dom Juanito. No jogo dela, até mesmo o babaca do controle remoto tinha sua relevância; madame tratou-o com deferência: afinal tratava-se de um figura-chave que influía numa cosmologia que, querendo ou não, estava intrínseca e visceralmente ligada aos meus interesses, "está aqui e pode ser removido para lá". Diferentemente de dom Juanito, não teve nada de fulano é um lixo, fulana é roubada, larga de ser otário.

Bem, preciso dizer que as conclusões com relação ao "panorama" apresentado pelas cartas do baralho são todas minhas, ainda que eventualmente madame Jordana tenha me influenciado. Até mesmo quando a interrompi e disse "mas madame", mesmo assim, a velha cigana não se alterou. Ela jogava o jogo e era senhora das aberturas e fechamentos. Ao contrário de dom Juanito, não alimentou minha obsessão e também não a desconsiderou, como se madame tivesse dado de ombros, mas não deu porque sabia que eu já não mais me equilibrava na corda bamba, e que me encontrava em plena queda livre e não contava com qualquer rede de proteção. Foi como um sopro para o alto. Tudo com muito bom humor, elegância e leveza. Além de aumentar minha confiança no jogo (porque não me descartou de seu baralho), a postura majestática da velha cigana teve o mérito de me pacificar, como se ela tivesse tirado, ou melhor, aliviado o peso do demônio da obsessão de minhas costas.

"E foi assim que me disse a bela cigana/ De brincos de ouro, de porte de dama/ De vida e de morte no fundo do olhar/ Leu minha mão e rezou e levou meu dinheiro/ Mas a tal cigana não sabe, talvez/ Tirou meu veleiro do fundo do mar" (Paulo César Pinheiro)

Tanto me pacificou que resgatou meus veleiros (vários, menos *Joscielle*) do fundo do mar. Nos dias que seguiram, até o pinguelo diminuiu de tamanho. Excluí Natasha do futuro e do presente (que se imiscuíam e me envenenavam) e passei a lembrar dela apenas no passado. Creio que um dos traços da obsessão é exatamente esse: lembrar e/ou projetar o passado no presente e para o futuro. Essa foi a inhaca reforçada pelo Mago que madame neutralizou. O esquisito dessa história é que o efeito e os prognósticos de um se projetaram no outro. Quando o Mago disse "esquece" fiz o contrário: "Ruína" ganhou um nome. Quando madame disse "vai ficar tudo bem" e sugeriu uma providência da minha parte, ou seja, quando disse "insista", Ruína voltou a ser Natasha, a tonta que me deixou para ficar com o idiota do controle remoto. O único ponto convergente tanto no vaticínio do Mago como na bênção da velha cigana era a certeza de que de Ruína/Natasha voltariam.

Queria ter a mesma certeza deles. E, pelo que entendi — independentemente de ela aparecer ou não —, eu teria de optar entre uma e outra. Como se a opção e a decisão de voltar, aparecer e desaparecer não fosse única e exclusivamente daquela maluca, mas vá lá. Alucino.

13

Santos, 1994.

De vez em quando dona Anita, a *nonna*, cheirava minha boca para verificar a qualidade do meu bafo. Ela desconfiava que seu querido netinho andava em más companhias e entornava umas e outras na rua. Depois da promessa e da consumação de uma vida de porralouquice e muito tesão e na ânsia de me escafeder dos anos 80, eu havia errado de calendário e de endereço: aportei na casa de dona Anita, a folhinha dizia 1994. Mas o correto seria marcar 1939. A *vecchia* também mantinha Pascoalão sob eterna vigilância e controle, e vibrou com minha chegada a Santos, finalmente ela teria a chance de me reeducar como se eu tivesse sido parido por ela no final dos anos 30 do século passado.

Puto da vida e contrariado, mas sem recursos, digamos assim, sem recursos e sem moral para cuspir na cara da *vecchia*, a única coisa que conseguia fazer era escancarar o bocão e deixá-la relativamente saciada. Saudades das maluquices, do excesso de amor e de zelo e das comidas da *vecchia rebambita*.

Santos, ah, Santos não passava. Só me restava andar, andar e andar mais um pouco para ver se ao menos meu ódio passava, mas havia um descompasso entre este sentimento e a cidade, de modo que a modorra e a paralisia venciam o ódio e, no fim das contas, lá estava eu novamente prostrado num banco qualquer da orla entre o José Menino e o Gonzaga.

A areia escura da praia invadia o mar oleoso e formava um conjunto de estagnação e imobilidade junto a um céu sempre cinza que se projetava tristemente sobre carrinhos de bebês empurrados por jovens mães que apareciam do nada e desapareciam em direção a lugar nenhum, substituídas por casais apaixonados, pipoqueiros, pombas tronchas e eternos cargueiros ancorados perto do forte de Santo Amaro. As coisas não se mexiam, e Santos não passava. Ancorado, observava os navios e esperava minha vez de sair daquela pasmaceira. Do meu ponto de vista — e na minha lembrança — não conseguirei jamais conceber uma fila boiando, e os navios sempre serão os mesmos: eu os observarei por uma eternidade de boca aberta "foram só três fantas laranja, pode cheirar, *nonna*". Tinha dezoito livros dentro do peito, e sabia que — embora estivessem engasgados dentro de mim — eram algo ou alguma coisa com identidade e endereço desconhecidos e explosivos, aliens, vários deles, uma sensação excêntrica e descabida de poder e glória usufruídos dentro do marasmo. Ao mesmo tempo, porém, tinha a certeza de que aquilo tudo não ia ter lugar ou cabimento fora do meu peito, e que somente um imprestáveldébilmental como *yo* poderia ser o portador de uma carga explosiva tão significativa quanto inútil.

Numa das tardes modorrentas e intermináveis de mar oleoso, céu nublado e cargueiros eternos, topei com um grupo de meninos da APAE que brincavam na areia escura da praia. Uma garota muito gostosa os monitorava. Eram uns dez dentro do cercadinho. Comiam areia, cuspiam uns nos outros, se refestelavam. Tive ímpetos de invadir o cercadinho, empanar-me junto aos garotos e comer o ranho recém-escorrido do nariz de um gordinho que sorriu para mim; então me aproximei, puxei papo e disse para a monitora que eu era escritor, ela disse "que legal, tem livro publicado?". "Não." Mesmo assim achei que estava agradando e lhe apliquei uma cantada mais ou menos politicamente correta. Recebi de volta um sorriso que misturava indignação e estupefação, talvez a monitora tenha avaliado que eu não prestava sequer para fazer parte de sua turminha, que evoluía a olhos vistos.

Não dava mais para disfarçar a ereção, ato contínuo a incrédula monitora convidou-me gentilmente a vazar do local. Mais uma vez expulso. Ao longo dos anos acumulei vários convites semelhantes: desligado do exército, expulso da gira de exus (depois eu conto), *persona non grata* nas rodinhas literárias, amaldiçoado por meu irmão & Joscielle (com dois elles), preterido pelo controle remoto da mulher amada, expelido por mim mesmo em forma de uma hemorroida hedionda até ser expulso da minha própria solidão; hoje, pensando bem, acho que sou imortal porque o dia que for expulso de minha vida não vou ter para onde ir, além de não ter lugar vai faltar cabimento. Na falta de endereço e cabimento, você ao mesmo tempo está em todos os lugares e em lugar algum, imortalidade deve ser alguma coisa assim.

Se a monitora tivesse me dado uma oportunidade, com certeza eu diria que o sonho do meu pai era ter uma nora como ela, e o meu sonho era dar um neto para o velho igual ao gordinho que comia o ranho do próprio nariz misturado à areia escura da praia triste de Santos. Mas ela preferiu me convidar a vazar, e eu fui pro bar encher a cara de fanta laranja. *Vida loka*.

Numa escapada de Natasha, logo que nos conhecemos e depois do sexo — assim, sem mais, nem menos — fumando aquele cigarrinho safado, ela me disse que "amaria" ter um filho comigo, "mas tem que ser debilzinho igual à gente".

Ela se incluiu no pacote, foi uma das mais bonitas e surpreendentes declarações de amor que me fizeram ao longo da vida, como se a monitora da praia escura — depois de tantos anos — tivesse aceitado minha proposta. Natasha/Ruína era meu cercadinho, minha clareira, minha APAE, minha felicidade, o lugar nenhum sem cabimento, meu endereço, o túmulo de mamãe.

O engraçado é que, hoje, mesmo depois da morte dos meus pais, continuo acreditando nas migalhas dessa mulher, e acredito também em reencarnação, sei lá, acho que vou ser pai do meu pai. Acredito que muitas vezes fui pai do meu pai ainda em vida, antes mesmo de ele, adorável, pateta e infantil, o down que mais amei, ter me expulsado do hospital quando apodrecia comido por vários cânceres, antes de ele ter morrido sem nunca termos encontrado qualquer coisa diferente dos entraves através dos quais mal e porcamente fazíamos contato. Como se eliminássemos a possibilidade de o imenso amor prevalecer no lugar da imensa doença, isso que machuca mais.

* * *

Uma doença que não permite que nada diferente da própria doença se declare, a doença que empata e trava as relações, a doença da falta de comunicação, pela qual as pessoas, de uma forma ou de outra, acabam precariamente se amando até que morrem com os ponteiros desajustados. Todavia não tenho do que reclamar, se reclamo agora é mais por lucidez do que por falta de amor. Claro que a falta de comunicação gerou prejuízos irreparáveis e mal-entendidos indissolúveis, mas seria uma covardia da minha parte odiar meu pai porque uma única vez ele conseguiu se comunicar comigo.

Vou contar.

A agonia foi longa, muito longa. Do zonão da Gorda de idos tempos só Vanusa é quem dava as caras. Urge lembrar: Vanusa e Marrom são a mesma pessoa, meu madrasto. Ele odiava ser chamado de "Marrom":

— E aí, Marrom? Quem era a mulherzinha da história?

Os laços de parentesco não obrigam ou não deviam obrigar ninguém a amar ninguém. As pessoas se suportam, e aprendem a aceitar umas às outras. Entendi, a muito custo, que as reciprocidades funcionam no piloto automático. Soma-se a isso a convivência e o passar dos anos e o que é desprezo e ódio transforma-se em afeto e amor. Depois aparecem os cânceres que são uma consequência natural de tanto amor e mal-entendidos e, logo em seguida, vem os plantões no hospital. Era minha vez de passar a noite com o velho.

Eu tinha muito afeto pelo meu pai. Mesmo sabendo que, às vezes, ele me desprezava tanto quanto eu me esforçava para odiá-lo. Essa diferença nos unia a ponto de chegarmos a nos admirar, de tão iguais. Até mesmo quando, no meio da madrugada — no auge de uma metástase esclarecedora —, ele se manifestou e comunicou seu amor como nunca havia conseguido fazer em vida. Digamos que "em vida" ele nunca havia sido tão claro e objetivo como nos seus delírios de morfina e rivotril:

— O que você está fazendo aqui, fanchona? Cadê seu irmão?

Nada mais natural do que pedir socorro a quem mais confiamos, principalmente nos momentos mais críticos. O velho confiava no caçula. Nos seus delírios de morfina, a sonda que o impedia de levantar da cama não existia, existia apenas o caçula que o salvaria de mim que era seu inimigo e o mantinha preso dentro da própria doença:

— Abaixa a grade, fancha!

O dia amanheceu e o velho continuava reclamando a presença do caçula que só apareceria no dia seguinte. O puto do velho fizera sua escolha há décadas e, dentro de sua cabeça doentia (quase igual à minha), dependente e submissa, a única coisa que — de fato — fazia algum sentido era chamar pelo caçula. Ele não estava completamente equivocado. Nem eu, que finalmente — depois de uma noite inteira tentando convencê-lo de que havia uma sonda que o prendia na cama e de que o traidor não era eu, mas o caçula — atendi ao seu pedido: abaixei a grade da cama, saí do quarto e fiz questão de não avisar a enfermeira plantonista. Talvez tenha sido a pior noite da minha vida. Às vezes o rivotril aliado a morfina pode ter o efeito contrário em pacientes nesse estado, e o que era para acalmar, excita — explicou a médica.

Não lembro de ter sido tão humilhado na porra da vida e simultaneamente sentir tanto prazer, nem quando chupava as rolas dos travestis da Glória pagando pedágio pro velho e chorando a falta de Ruína, que provavelmente se refestelava com o idiota do controle remoto e nem sequer cogitava em minha excêntrica existência de fancha, frouxo, derrotado, corno, escritorzinho de feicibuque, imortal dos cercadinhos: "kkkkkkk" etc. Não lembro, enfim, de tamanha derrota e gozo, nada que se comparasse à seguinte cena:

O velho mergulhado numa poça de sangue e merda. Marrom havia recém-chegado e tentava ajudar as enfermeiras a tirá-lo daquela situação:

— Só agora, viado de merda? Só agora que você aparece?

— Ele é o amor da minha vida, é o meu amor!

Marrom erguia o velho pelas axilas e, ao mesmo tempo, proclamava seu amor aos berros, gritos e uivos lancinantes. Uma declaração que transbordava todos os seus ressentimentos e, de certo modo, me incluía na putaria: ele me acusava de "não saber amar". Dizia que eu era um monstro desnaturado e insensível, e por fim me xingou uma dezena de vezes de filho da puta.

Acho que nunca entendi, e nunca vou entender meu pai.

14

Não falei antes porque achei que era demais. Que era muita areia para o meu caminhão de migalhas. Que pela primeira vez Ruína fora generosa comigo, completa, 100% minha. Aconteceu no dia em que ela, depois de seis anos, tocou o interfone de casa. Um dia depois de ter enterrado mamãe, naquela tarde mórbida que a beijei e que ela, Judas replicada, negaria o beijo.

Ruína me disse que o idiota do controle remoto a flagrou lendo *Hosana na sarjeta*. Tiveram uma briga inesquecível, memorável.

— Ele me jogou no rio Tietê, digo, jogou *Hosana*... pela janela do carro. Isso é foda, Pepito. Muito foda!

"O distinto boiando feito uma bosta, entre milhares de bostas no Tietê" — deve ter pensado Pepito, que me trouxe mais uma dose.

— Porra, Pepito!, esse livro não existiria se ela não existisse. A cena descrita podia perfeitamente ser uma sequência de *Quatro casamentos e um funeral* versão Estação de Tratamento de Águas e Esgotos Sabesp Portuguesa-Tietê. Isso é foda, muito foda!

— Una observación?

— Claro que sim, Pepito!

— Tenia la putana abrazado su ego, maestro?

Tá certo, Pepito tinha razão. Golpe baixo. Afagou meu ego! Atingiu o alvo em cheio. E eu tiro o chapéu para ela e exibo meus reluzentes cornos vingados com orgulho. Mas não foi somente isso. O maridão não tinha como esboçar qualquer defesa diante de uma situação que fugia à sua alçada. Controle remoto não é biodigestor! Não existe controle remoto no mundo capaz de mudar de canal ou transformar merda em qualquer coisa diferente de merda, *capisce*, Pepito?

— Sí, sí. Una dose mas allá.

— Isso mesmo, Pepito! *Mas allá*, além. Desce aí uma dose sobrenatural! Você pegou o espírito da coisa. O maridão passou da categoria corno-controle remoto para corno-metafísico. Depois de ter jogado meu livro no Tietê, o idiota não poderia cancelar a assinatura do canal a cabo e/ou simplesmente acionar o controle remoto para assistir ao show de Bruno & Marrone. Não foi somente o livro lançado pela janela, mas um atestado de fraqueza que assinou diante da mulher que disputava comigo. Além disso, um atestado de incompetência — com todos os alvarás e licenças poéticas involuntárias a meu favor. Vai afagar bem meu ego assim lá na puta madre que a pariu!

— Esa mujer es el diablo, maestro.

Ruína fizera uma ressalva antes de me contar esse episódio, porque sabia que ia afagar *my* ego: "Não devia, mas vou te contar assim mesmo". Foi a maneira que ela achou de ser minha cúmplice, de estar comigo apesar do casamento falido, o que mais poderia ser isso, Pepito, senão amor?

— Permiso...

— Claro que sim, Pepito. Diga lá!

— Demencia.

Sim, demência, manipulação, filhadaputagem — *el diablo*, como queria Pepito.

— Mas pode apostar que ela escolheu nossa inhaca acima de todas as contingências... ainda que a contragosto.. O que eu não consigo entender é por que ela não está comigo, aqui e agora? Por quê, Pepito? Por que não?

— Bien, eso no se. Pero puedo llevar una dose.

Apesar de completamente bêbado e meio que de rédeas soltas, consegui me segurar e não falar nada a respeito do encontro que tive com madame Jordana. E Pepito também nada falou de dom Juanito, apesar de reafirmar as posições do Mago em todos os seus apartes. Preferi jogar verde com o garçom paraguaio — *pero* com sinceridade — porque tanto as previsões de madame, como a ameaça de dom Juanito, necessitavam de um desfecho que — até então — não havia se confirmado. Nada de Natasha. Nada de Ruína. Eu continuava sozinho, inconformado e a cada dia mais bêbado e obcecado por aquela *mujer, el diablo*. A única notícia auspiciosa que tive naqueles dias foi a de que o pinguelo havia desinchado e ensaiava voltar para dentro do meu cu. Tirando isso (ou entrando isso...) tudo era Ruína.

15

Dizer que Pascoalão me reconheceu e me deu tudo o que eu esperava do meu pai é pequeno diante das diferenças entre ambos:

— Vai, Vagolino. Pega esse dinheiro e vai viver vida de escritor.

Meu pai me deu o entrave, a incomunicabilidade, a negação da mentira e a mentira, ou seja, o mundo dele, o avesso em outra dimensão e a vocação de ser trouxa. Pascoalão me deu o tesão, inclusive o tesão nos mamilos e mais a quitinete onde descanso meu esqueleto e mais um dinheiro que ele tinha aplicado no banco: "é seu". Logo ele, que nunca leu um livro na vida: "vai viajar e viver vida de escritor". Nos seus últimos anos, que coincidiram com meus anos mais insossos e solitários, nos tornamos grandes amigos. A primeira das amizades improváveis que fiz ao longo da vida e que, pela improbabilidade da coisa, seria a mais cara e inesquecível de todas; também lembro de ter conhecido Paulinho de Tharso dessa maneira e da Phedra também... mas isso foi bem depois e menos comprometedor, digamos assim. Abraço, Galé.

* * *

Na rodoviária, fechei os olhos e fiz um unidunitê meio safado, pois eu ciscava no saguão das empresas que "operavam Nordeste", como se o Nordeste sofresse de diverticulite aguda e precisasse de mim para fazer uma intervenção de emergência, caso contrário a merda invadiria o mar da Costa Dourada e os corais, a fauna e a flora marinhas e os habitantes locais morreriam de septicemia aguda. Eu tinha de ir pra lá, caraio. O salameminguê caiu em Maceió. Depois de três dias e três noites cheguei à Praia do Francês; exatamente no dia em que o avião dos Mamonas Assassinas se espatifou na Serra da Cantareira.

Janeiro de 1996.

Não lembro de muita coisa daqueles dias porque a maior parte do tempo permaneci bêbado. Um coquetel de vodca dentro de um abacaxi ou um coquetel de abacaxi dentro da vodca, algo assim. Que mais? Bem, além de encher a cara todos os dias, de vez em quando ia mosquear na orla de Maceió e comia as putinhas locais — seguindo à risca orientação do Pascoalão: "vai viver vida de escritor". Vale um registro. Em 1996 a Aids ainda apavorava os "cidadãos de bem" e os escritores bundões também. Os anos 90 inteiros emborrachei meu prazer, hoje, graças a Deus e a Mr. Zuckerberg, a paranoia passou e a Aids contamina e mata sem que figuras terríveis como Cid Moreira e Sérgio Chapelin interfiram nas fodas da garotada. Mas nos 90 era bem diferente: a paranoia vinha antes da informação.

Uma noite topei com um clone de Joscielle fazendo a ronda na Pajuçara. Eu devia estar muito bêbado, pois em condições normais a semelhança entre as duas iria — no mínimo — me brochar. Uma mistura de ódio, delírio e obsessão tomou conta do meu pau, que endureceu feito aço. Eu seria capaz de perfurar a blindagem de um carro-forte com meu caralho assassino. Tive ímpetos de semear uma ninhada de joscenildos e joscenildas na piranha. Meti com força.

A camisinha estourou. Ela constatou o fato e tentou me tranquilizar:

— Não se arrete não, não tem nada de você dentro de mim.

Nada, nem um filho, nenhuma doença venérea, a morte passava batido, nada meu dentro dela e em lugar algum. Oquei, com relação a isso e do ponto de vista dela, seria a mesma coisa que dizer que, gozando dentro (com ou sem camisinha estourada), o programa custaria deizão.

Agora, pedir p'reu não me arretar significava a mesma coisa que pedir p'reu desencanar ou não alucinar. Aí não. Desarvorei, perdi o controle. Explodi. Deu merda.

**

Hoje, depois do estrago consumado, e passados tantos anos, posso dizer que avaliei a questão dos filhos erroneamente. Camisinhas estouradas & filhos sempre estiveram nos meus planos. Em função deles é que escrevi mais de uma dúzia e meia de livros. Desde o primeiro livro já eram obsessão. A indiazinha, a garota de olhos tristes e amendoados, a dedicatória para a filha morta, o vaticínio da joscielle alagoana "não tem nada de você dentro de mim" e, entre outros malogros, a reiteração e acréscimo desse vaticínio acompanhado da praga jogada por Paulinha Denise "você nunca vai amar ninguém nessa vida" (vide *Hosana na sarjeta*, p. 16).

Os anos que se passaram, tantas filhas, meninas abortadas pela literatura (não sei por que meninas) até chegar em Ruína que é Ariela, creio que talvez a última das obsessões, Ariela. Parecia evidente que eu procurava dar satisfações ao velho. A raiz dessas obsessões — claro — era ele.

Jamais consegui convencê-lo de minha autenticidade. À medida que o tempo ia passando a hipótese dos filhos ficava cada vez mais distante e improvável, e nada afinal de contas podia substituir a história do caçula e de Joscielle, cujo enredo ele mesmo elaborara. A hipótese de responder ao mundo mamífero do velho através dos livros atendia apenas às minhas demandas e necessidades, ele dava de ombros e debochava. Ignorava o assunto. Hoje entendo a postura do meu pai. Se tivesse um filho metido a escritor ou artista, faria o mesmo. Todavia, essa recusa sempre me serviu de combustível, alimentava minha obsessão que era a obsessão dele, como se tivéssemos trocado a realidade pela ficção, ele ladrão da minha realidade, e eu ladrão da ficção dele. Um ignorando o outro e fingindo que éramos somente pai e filho. Uma solução improvável onde absolutamente não nos reconhecíamos, porque decerto, como escritor, o velho sabia que minha obra não chegava perto da obra dele, que se resumia — repito — ao caçula e Joscielle (com dois elles) e a ninhada de joscivaldos e joscimares que não paravam de ser paridos, uns atrás dos outros.

Joscivaldos versus fátimas que faziam seus pezinhos para mostrar na choperia, bem, reconheço que chega a ser uma bizarria querer pôr as coisas nesses termos, não há uma aproximação plausível, razoável. Em tese não. Livros são livros e joscevaldos são joscenildos. Mas nos subterrâneos a história era outra. Ocorria uma disputa encarniçada. Uma disputa não declarada mas visivelmente brutal e nem tão inconsciente assim, dado o ímpeto de arreganharmos nossos troféus e os buzinaços que promovíamos a cada fátima e joscivaldo paridos. Eu tinha afeto e admiração sinceros pelos joscimares e joscenildos que eram produzidos em escala industrial.

O pai — e o caçula também — desfrutavam de muito

prazer em desdenhar ou não reconhecer a existência de minhas fátimas, mais do que isso: às vezes eles me faziam de babá da foda deles, carreguei muito joscenildo em cima da cacunda: atividade, aliás, que me garantia os maiores prazeres, deleites e satisfações. Chitãozinho-pai e Xororó-gelol jamais poderiam imaginar a quantidade e a qualidade cardinalícia, apostólica e romana de prazer que eu desfrutava pajeando a ninhada deles. Joscielle, puta rodada e cevada nos mais baixos instintos, desconfiava do que se passava e apenas fazia me odiar (e com razão, pois a recíproca era verdadeira), mas era obrigada a me engolir e, de certo modo, acabávamos sendo cúmplices involuntários um do outro, porque a mim ela nunca enganou e vice-versa, enfim, cada um dá o que tem e chupa o que pode. Né não, Nildinho?

* * *

Ruína que já foi Joana a contragosto, que também foi Ariela, que era Natasha, que se transformou em Juliana que quase me matou e salvou minha vida em seguida, e todas elas que se misturavam e se retroalimentavam e depois se autoabortavam e viravam a ficção que eu abominava enquanto envelhecia e o caçula não parava de meter e fazia um filho atrás do outro. O auge dessa maluquice registrei em *Hosana na sarjeta*.

O acaso, o mais improvável e escroto acaso, ele mesmo. Conluiado com o velho. Foi o acaso que deu o *start* em *Hosana...* O acaso que fechou o tempo em Porto Belo e abriu o sorriso diabólico e sereno refletido na face do marinheiro paranoico (meio gay também). Que mais, senão o acaso, roubava camionetes em conluio com Tomezinho, e "orneava" minhas ideias? O acaso que me assassinou dentro das vísceras da joscielle alagoana e que, entre tantas trapaças, julgou que a resolução desse imbróglio teria de brotar do ventre da terra em forma de uma pedra preciosa. Somente estuprando a terra eu teria minha filha resgatada diretamente da ficção para a realidade. Enquanto desviava e açoreava o leito do São Francisco, matava milhares de peixes e chafurdava nas mais absolutas clandestinidades naturais e sobrenaturais, o acaso mudava de nome e ajambrava a próxima trapaça. Depois, imaginei Ruína embuchada e um nome de menina para o diamante que realmente foi parido da terra, só assim eu teria alguma chance de saciar o tesão do velho. Entrementes o caçula fazia mais um joscenildo e Ariela/Natasha/Ruína me chifravam em São Paulo com um idiota que se esforçava para ser meu clone com direito a fotos e gratidões eternas nas redes sociais: mulherzinha escrota, o mesmo *modus operandi* e a reiterada podridão, sensibilidade fast-food, geração kkkkkk, sangue de barata, ela volta ou me reproduz?

A mulher empurra você para o abismo com um beijo que não tem fim, chama sua mãe recém-enterrada de carniça, troca namastês e gratidões via feicebuque com um monge lascivo de hotel fazenda, e depois sucumbe à macumba tosca de um marido que a preza menos que as pilhas de um controle remoto, bem, segundo a velha cigana da Belfort Roxo, isso significava que as vidas passadas se manifestavam e o acaso (novamente ele...) promovia seus reencontros: do verme (eu mesmo) que se apaixonou por uma lêndea ("kkkkk"); só podia ser, porque tudo nessa história é minúsculo e inexplicável. Como é que me apaixonei e estou completamente transido e obcecado por alguém que mexe os bracinhos e abre as perninhas em função da durabilidade das pilhas alcalinas que lhe enfiam no rabo? Comigo ela era forte e impiedosa, com o babaca do ex-marido uma Amélia movida a pilhas Rayovac, as amarelinhas:

— Vim pela carniça, a carniça que me trouxe até você.

Imediatamente depois de vomitar a palavra "carniça" ela acenderia um cigarro, sorriria para mim, e me tragaria. Aqui temos um resumo da alma de Ruína. Em primeiro lugar, a carniça, na sequência beijos eternos ora negados, ora confirmados como maldição e quedas infernais, tudo isso movido a pilhas Rayovac — as amarelinhas. Ela funcionava nesse diapasão, e eu também:

— Que beijo? Não alucina, veinho. Não tem nada de você dentro de mim.

16

Antes de me estender nessa ladainha, gostaria de contar que ligava a cobrar para casa todo dia, desfrutava de um certo prazer em dar notícias de minha vagabundagem alhures, e também sentia muita falta de ser esculhambado por mamãe, mas ela nunca me esculhambou nesses telefonemas, muito ao contrário. Também ligava pro velho lá nos cafundós das Gerais. No seu desvario de praxe, ele imaginava que eu abriria qualquer negócio extravagante na terra dos Calheiros e me casaria com uma joscielle alagoana; para ele valia qualquer coisa desde que enchesse o mundo de filhos e o cu de dinheiro. Mas não ia acontecer nada disso, claro que não. E foi num telefonema desses (a cobrar) que soube que o velho Pascoalão agonizava em São Paulo. Tive de voltar às pressas. A *vecchia* foi morar com mamãe: as demandas aumentaram significativamente e as receitas não acompanharam as despesas ou, como dizem os economistas, estávamos na merda. A solução era vender o apartamento de Santos.

Eu mesmo me despachei para Santos sob o pretexto de receber os eventuais interessados e mostrar o apartamento de dois dormitórios localizado a duas quadras da praia, com vaga na garagem. Não precisava. Os corretores existiam para isso. Mas acabei convencendo mamãe de que era a melhor solução, mesmo porque, agora, a *vecchia* ocupava meu quarto em São Paulo.

— Precisando de qualquer coisa, eu subo.

Das poucas recordações boas dessa época: o gerúndio acompanhado desses "eu desço" e "eu subo" — como se não precisássemos mais do que um gerúndio e um simplório elevador para vencer a descomunal Serra do Mar; a rodovia dos Imigrantes, aliás, se resume a isso: elevador de farofeiro. E eu adorava ver a Baixada mergulhada em neblina, uma chance que a serra nos dá para contemplar a melancolia e as tristezas da alma, das poucas chances — 100% desperdiçadas — que o paulistano tem para atravessar a si mesmo, mas ele prefere a farofa.

Na bagagem alagoana, além das ressacas, da polícia e das doenças que não me pegaram — porque ser pego pelas doenças e pelos homens do arreglo também é uma opção deles —, além disso e sobretudo, trouxe os primeiros contos de *Fátima fez os pés para mostrar na choperia* — meu livro de estreia.

Os últimos trinta anos de vida da *vecchia* e do Pascoalão bordejavam no apartamento a duas quadras do mar com vista lateral, a história deles à venda. Estar sozinho naquele lugar, "mostrar" o imóvel era a mesma coisa que ser um intruso; o mesmo intruso, interessado e/ou eventual comprador que entra pela primeira vez no "imóvel", e obrigatoriamente vai querer incluir sua alma na baciada, a pechincha faz parte do negócio. O puto vai achar um monte de defeitos, desde a vaga na garagem que não é exclusiva até a fórmica dos armários da cozinha que está fora de moda, e então partirá para o ataque: e se você precisar da grana para pagar a UTI da pessoa amada, fodeu. Você concordará com cada item da reforma: o "promissor comprador" promete quebrar tudo, e você diz que sim, tem mais é que quebrar essa velharia, fodam-se os velhos e a história deles ameaçada como se fosse um passado que perdeu a praticidade e, a reboque, foda-se uma parte de suas felicidades e tristezas que — queira ou não queira — permaneciam lá guardadas naquele armário de cozinha fora de moda e comido pelos cupins.

Aí o "promissor comprador" oferece metade do valor pelo imóvel situado à rua X, número tal, e você que tinha por obrigação assassinar um filhodaputa desses, estuda aceitar a proposta porque o plano de saúde do velho não cobre mais do que uma semana de UTI.

* * *

No dia seguinte ao vencimento do plano de saúde transferiram Pascoalão da UTI para o quarto comum. Como se ele não precisasse mais respirar o ar das operadoras de seguro. A cada nova tentativa de trocar gás carbônico por oxigênio as chances do velho diminuíam, porém ele resistia, não queria ir embora. Velho teimoso, cabeça-dura. Eu sentia sua respiração agonizante e, ao mesmo tempo, fazia a revisão de *Fátima...* que, finalmente, depois de oito anos de recusas, seria publicado por uma boa editora. Quero dizer que se não fosse o prefácio da Maria Rita não conseguiria ser editado, não era nada fácil ser publicado antes da internet. Mas foi uma coedição. Isto é, eu entraria de sócio, *fifty-fifty*. Para tanto tive de vender meu Fusca 81. Não vou negar, estava muito feliz e, para completar o quadro de júbilo e renovação, uma enfermeira muito gostosa entrou no quarto. Pascoalão agonizava. A enfermeira verificou os aparelhos, controlou o soro e, antes de medir a pressão, me disse: "Caiu uma lágrima".

Eu conhecia aquela história contada mil vezes pelo velho que se orgulhava de ser um grande matador de cordeiros e o maior desossador de seu tempo, então eu disse para a enfermeira: "Ele está se despedindo". E pensei comigo mesmo: em grande estilo, velho filho da puta. A última lágrima do cordeiro que sabe que vai para o abate. Sacrificando a si mesmo diante de uma enfermeira gostosa, vai direto para o céu dos desossadores. Voltei para minha poltrona e retomei a revisão dos originais, mas isso significou apenas uma babaquice passageira da minha parte. A enfermeira era muito gostosa mesmo e, a partir de sua bela bunda, acompanhei o gesto que veio na sequência. Com delicadeza ela fechou os olhos do velho, e me disse:

— Ele foi embora.

Respondi: "foi felizão".

E pensei comigo mesmo: graças a você, tesuda, amor da minha vida.

17

— Um lugar para morar e trabalhar. Vagolino precisa de um lugar só para ele.

Mamãe seguiu expressamente a recomendação do velho. Vendemos o apartamento, pagamos o hospital e ainda restou uma boa grana, que caiu na minha mão. Comprei uma casa de madeira na Praia do Santinho, e um Fusca 1300. No ano seguinte, meu primeiro livro deu uma bamburrada e, finalmente — aos 32 anos —, assumi a identidade do escritor excêntrico e irascível que vivia isolado numa casa de praia no cu do mundo. Tudo bobagem, exatamente o contrário. Eu queria festa, puxação de saco, contato com a espécie humana e sobretudo contato com as fêmeas da espécie humana. Antes disso, vamos deixar bem claro: eu era um bosta. Um bosta que permaneceu a vida inteira preso e subjugado e que, de repente, adquiriu, além dos muros de rododendros e do deserto, uma voz para se expressar. E de lambuja ganhou a atenção de uma legião de outros bostas que somente faziam — sem qualquer restrição — reverberar a fúria, a dor e o grito represado de uma vida inteira. De repente, o animal virou um gênio. Ah, urrei. Muito alto. Tanto nos livros que escrevi em seguida como dentro do novo cercadinho que ajambraram para me abrigar: "Se vocês estão dizendo, concordo: sou um gênio. E, além dessa pequena amostra de estreia, tenho dezenas de outros livros dentro do peito, tratam de amor, desvario e sexo com mongoloides, interessados?".

Nessa época encasquetei que faltava uma monitora de verdade, para — além de me amar e servir — afagar diariamente minha estupidez. Todo Dalí tinha uma Gala, todo Neruda uma Matilde, todo Modigliani uma Jeanne maltratada e suicidada por um destino escroto e trapaceiro. Os dezoito livros que escreveria nos próximos vinte anos tratariam sem pudores e sem qualquer disfarce da busca obsessiva, doentia e alucinada por essa mulher ou essas mulheres que apareceriam e desapareceriam do meu caminho trajando centenas de disfarces; desde gatas rajadas, hippies depiladas, virgens marias de acostamento até as britas pisadas com leveza pela sapatão da rua de cima: todas monitoras, geralmente desavisadas de suas funções, necessidades e relevâncias — mas isso não vem ao caso. Umas salvaram minha vida, outras me assassinaram, e todas, com exceção de Joana, me abandonaram. Perdi a conta dos desencontros e das pistas falsas e até hoje não achei a monitora que procurava; vale dizer: nenhuma — tirando Ruína — que se comparasse a mamãe. Mamãe que Ruína chamou de carniça. Nesse momento, nos quintos dos infernos, Freud e Nelson Rodrigues sacodem suas panças e mandam aaaaaaaaaaquele abraço!

— Você a chamava de ma-mãe?

Nos últimos anos sim, mamãe. Mas não foi sempre assim.

18

Praia do Santinho, 1998.

De repente o carteiro virou habitué, amigo, leitor e confidente. Abraço, Zezinho! Quase todos os dias chegavam cartas de malucos e malucas vindas dos lugares mais improváveis do Brasil, com maior frequência do Ceará — até hoje isso é um mistério para mim, por que Ceará? Além, é obvio, de livros de autores estreantes e de figurões e figurinhas pedindo chancelas, orelhas, meu pau pra chupar, prefácios, entrevistas e a putaqueospariu. Época pré-internet.

Eu vivia — como já disse — num barraco de madeira com vista para o mar. Nada de telefone, passava os dias lendo Dostoiévski e também muito Pavese, ouvia Piazzolla e Zeca Pagodinho e há pouco havia feito contato com uma gata rajada que dias depois me adotaria, Ana C.

Trinta e poucos anos. Pau duro *full time* e muito ego, ambição e fome que eu supria com tainha, salsicha, crime e castigo, adios nonino, miojo e vida leva eu. De quinze em quinze dias ia até o centro de Florianópolis e dava um jeito de extravasar o tesão infernal com as mulheres-refugos da Conselheiro Mafra. Um sexo escroto, violento, doentio mas, sobretudo, barato. Eram senhoras usadas e abusadas pela vida e pelo tempo que — no limite do uso — afastavam a freguesia mais escrota dos puteiros mais fuleiros, o destino delas, enfim, era a rua Conselheiro Mafra, um programa custava no máximo cinco reais. Queria escrever um romance, mas as histórias acabavam antes do tempo. Daí eu escrevia sobre meu pobre tesão escroto e sobre aquelas pobres senhoras tesudas, refugo escrevendo sobre refugos. Quando encontrei Liane num anúncio de jornal, ou Marisete que, diferentemente das bagaceiras da Conselheiro Mafra, atendia em casa "sou limpinha". Além do asseio, tinha um aquário sobre um *rack* tinindo de novo, o acabamento fosco em tinta ultravioleta, uma porta basculante e espaço para tevê ("vai chegar uma 21 polegadas, vão entregar amanhã") — sinal de uma vida planejada, pacata e aparentemente sem doenças venéreas, "limpinha". Ao lado do aquário uma linda garotinha que sorria no porta-retratos, filha da Marisete.

Trocaria toda a minha vida e obra por aquele *rack*. Continuo fazendo a permuta, até hoje não apareceu nenhuma interessada. Mas vamos em frente.

O anúncio dizia "massagem tailandesa e limpeza de pele". Foi o que me chamou a atenção, a limpeza de pele. Um monte de diplomas pendurados na parede "porque a gente tem que se virar, amor". Os certificados indicavam que ela também era "manicura", podóloga e esteticista, atendia a domicílio em hotel e motel. Gamei.

Gamei no futuro da Marisete e da filha, planejado de acordo com o vencimento dos carnês da Marabraz e de acordo sobretudo com os extras ou os "complementos" — que eram dois.

Primeiro, o complemento "Plus". Uma forma de expressar o carinho através do qual Marisete designava a porra engolida depois da massagem. E tinha o complemento "King", caso o cliente quisesse de fato sentir-se um rei. Tratava-se do fodão gostoso seguido da chuveirada porque tinha que ser tudo muito limpinho. Nunca tive nada que se aproximasse disso, apenas os sobrevoos desumanos sobre tediosos abismos infernais, a metafísica, as transcendências e as iluminações, as grandes e insolúveis questões das alminhas socráticas e pré-socráticas, o estilo único, a assinatura, a voz, o dom, as chamadas e as impossibilidades, as torturas e o imponderável que às vezes saía do controle, as fúrias e as batalhas perdidas de antemão, o confronto doentio com o tempo, as praias vazias no inverno e a arbitrariedade dos acasos, os monstros gerados por esses acasos e os abortos correspondentes, o grito adquirido e o deserto como testemunha, a manipulação e a ilusão de manipular, a companhia dos gigantes e o grito deles ecoando em vão, o antes, o durante e o depois e os presságios desnecessários, as ruminações, as obsessões e o tonitruante labirinto das escolhas erradas, o lastro das quedas e o mundo e os prejuízos advindos dos acertos de contas, o cais em alto-mar, uma bela rola grossa e macia segundo depoimento de minhas inquilinas e a putaquemepariu. E nada, absolutamente nada de um porta-retratos com uma garotinha linda sorrindo sobre o acabamento fosco ultravioleta de um *rack* comprado a prestações nas lojas Marabraz.

* * *

No lugar do *rack*, vários cercadinhos. Verdadeiras carnificinas sexuais. Almaçougue. A secura virou fartura. Deu no mesmo:

Joana, Nayrão e Nayrinha (ambas com ipsilone), Ingrid, Ohana, Yone, Sheila, Janine que era surda-muda e Tatiana, Nádia-carrossel. Alessandra. Laurinha da Sulamérica Seguros, Junia, Isa, Lu e Luana-orelhão. Larissa, Natércia bêbada de uísque e as gêmeas Cris e Lilian. Lena roqueira, Jaína que ciceroneava os gringos e me ofereceu o cu que não comi. Melissa da farmácia. Clara, a primeira maria-rodapé declarada, e Eduarda arrombada. A mendiga do grelo de cinderela. Bia, Helena, Emanuelle do Costelão, Rebeca, Carolina e Lavínia da buceta cabeluda.

Pietra: a dentista que apanhava do marido e era a foda mais triste do Campeche.

Emily e Milena monoteta. Bruna que não era a surfistinha, Catarina filha do pastor e Maria Júlia filha da puta mesmo, irmãs. Luana que usava dentadura. Susana-bafo-de-onça, Alícia. Elisa e Mirella que, além de ser a cópia da mãe, me levou para foder no motel do cunhado que explorava máquinas de caça-níqueis e era seu amante também. Mari que morreu de Aids. Ivone do Vanerão, Agatha e Caroline. Alana, Stefany menor de idade e arrombadinha. Nina, Marcelona, Maitê, Evelyn-barbie, Isabel, Jiana ("com j?"... "sim, amor, com j"). Thais, Ana e Sophia (com ph); Sabrina e Eloá que enfiou a língua no meu cu. Manuela pudica, Aline e Rayssa meio sapatão. Ísis, Maria Cecília que me levou na missa só pra pegar no meu pau, Mariane e Kyara, a catinguenta. Giovana italianinha. Beatriz-chafariz, Rafaela e Mariana surtada que foi embora pra Mato Grosso do Sul graças a Deus. Paula do estacionamento, Yasmin do cheetos, Lara-larica e Letícia red label. Alice no país das maravilhas e Solange-capô de Fusca. Valentina e Nilceia que batia minha porra com toddynho, Sarah da canjica, Ana Beatriz e Isadora que não ia embora. Amanda, Gorete, dona Baratinha, Milena e Lis que não me quis.

Preciso falar de uma mulher como se falasse de um pedaço de cada uma das mulheres que listei acima. Ou como se os pedaços que deixei com elas também precisassem falar de mim.

Ela devia ter minha idade na época, 31, 32 anos. Aconteceu antes de conhecer Celise (vovó mignon); logo que mudei da Praia do Santinho para a Lagoa da Conceição, final dos anos 90. Ela trabalhava numa imobiliária que bordejava no mezanino de uma sorveteria, bem na frente do meu quarto e sala. Da janela lateral dava para ver que se tratava de uma criatura "trabalhadeira" e simpática; distribuía informações, sorvetes e sorrisos a todos que pegavam a ficha no caixa. Tinha o dom da ubiquidade levado pro lado prático das miudezas que a solicitavam, atendia na imobiliária e na sorveteria. O patrão da moça cujo nome agora me escapa, e que depois me vendeu um Fiat Palio, também era dono da sorveteria. Toda manhã ela varria a calçada, passava álcool nas mesas, mudava as cadeiras de plástico de lugar e atendia o telefone da imobiliária.

Eu tinha duas opções. Ou tomava um sorvete ou solicitava a visita da corretora para fazer uma avaliação, não sabia se vendia ou alugava o imóvel. Ou executava as duas lorotas, uma na sequência da outra. Tanto fazia vender, alugar, permitir uma invasão dos sem-teto ou explodir a porra do quarto e sala; tanto fazia se, ao final das contas, atingisse meu objetivo que era comer a simpática faz-tudo da Livorno — Imobiliária & Sorveteria. Liguei para lá, e me identifiquei como vizinho do prédio da frente.

— Aqui na janela, ó.

Ela deu um tchauzinho.

Meio pistache, meio crocante. Cintia não entendia por que o sorvete de pistache encalhava na Livorno — Imobiliária & Sorveteria. Também curtia pistache e elogiou meu bom gosto:

— Adorei a combinação. Pistache e crocante, vou adotar para mim.

Na mesma tarde, logo que o Jaime — lembrei, o dono da sorveteria e imobiliária chamava-se Jaime! —, logo que seu Jaime chegasse e assumisse o balcão, ela iria até o imóvel para "avaliar e ver o que podia ser feito":

— Só atravessar a rua, né, amor?

Foi exatamente o que fiz, depois da breve conversa com Cintia: atravessei a rua sem olhar para os lados, subi os dois lances de escada (o prédio não tinha elevador e o condomínio era baratinho), me joguei na cama e bati duas punhetas seguidas.

E, conforme o combinado, logo que seu Jaime assumiu o balcão, foi a vez de Cintia atravessar a rua a fim de ir avaliar meu quarto e sala:

— Ótimo, nem precisa dizer que é bem localizado! Vamos vender em dois palitos.

— Uma pena que vou junto — joguei verde.

— Vai nada, amor. Vou te vender um apê na rua 88, pertinho da feira hippie.

— A feira hippie? A 88 é logo ali. Na rua de trás!

— Então — ela estendeu o ennnntão, sorriu maliciosamente, e abriu o jogo —: ennnntão, dá pra vir a pé tomar sorvete de pistache todo dia! Adoro pistache e aaaamo a rua de trás, você gosta detrás, amor?

Que pição! Putaquemepariu! Cintia-pistache. Faz tudo! Uma fodelança tesuda que se estendeu até o dia seguinte. Aí ela acordou:

— O trabalho é pertinho, amor.

Dava tempo de fazer um boquete e coar um café: "dois palitos!".

No dia seguinte, depois do expediente, Cintia-pistache apareceu outra vez. Repetimos a fodelança. Os dias seguiram. Dias de muito piço, boquete matinal, café, ruas atravessadas cheias de tesão, sorvetes crocantes de esperma com pistache e:

— Dois palitos, amor.

Tirando os "dois palitos, amor", até que ia tudo mais ou menos bem. À época eu trabalhava num livro de contos, o segundo. O grande teste depois de *Fátima fez os pés para mostrar na choperia*. Havia rumores que MM era fogo de palha, autor de um livro só, fanfarrão. Impossível ter lenha para queimar depois de uma estreia daquelas, vai quebrar a cara. Teve um crítico que disse que eu era o prenúncio do meu próprio malogro, vai te foder filhodeumaputa, invejoso da porra. Tô aqui, depois de dezessete anos, e você? Tá de boas?

Voltando.

Cintia-pistache era o resumo do *Herói devolvido*: fodelança, selvageria, molecagem, espanto e pau duro.

Eu, o animal furioso que urrava e se debatia dentro do novo cercadinho. O trator que passava por cima de qualquer coisa, objeto ou pessoa, manipulador. Eu era Lúcifer a conferir cercas, humilhar o inimigo e se apropriar do território depois da batalha, o dono do pedaço. E tinha dezoito livros dentro do meu peito empombado de Mussolini. Vários mundos, camundongos e cosmogonias para parir e destruir de acordo com meus gostos e humores:

— Dois palitos é a puta que a pariu! Vaza daqui!

Joguei um sofá em cima de Cintia-pistache. Lembro de dar uma voadora que atingiu o pescoço dela. Também me recordo da área de serviço e de uma escada caracol; a faz--tudo da Livorno Imobiliária & Sorveteria rolou escada abaixo ungida pela premência da obra a ser escrita e pelos cadáveres pretéritos e futuros que chamavam por mim; eu era Lúcifer e também Javé: naquele instante, Isaac erguia o cutelo à espera do meu sinal. Depois me lembro de um choro estridente de mulher, soluços hediondos, pragas a curto, médio e longo prazos.

Anotação para personagem: 1) Cintia-capotada. 2) Cintia-pistache.

19

Ontem a sensação de paz durou eternos mais ou menos um minuto e meio, que foi o tempo de sair do bar, caminhar na direção da lua cheia, dobrar a esquina e deixar para trás a sombra que me acompanhou ao longo de toda a vida. O resto dos meus cinquenta anos contei apenas exasperação, angústia, tédio, decepção e tristeza.

20

Curiosa a cronologia. *O herói devolvido* foi publicado em julho de 2000. Nesse ano apenas o livro do Paulo Coelho teve o mesmo número de citações na imprensa. Bom explicar. Imprensa era um ente ou uma entidade que existiu no século passado, cujo poder de construção e destruição de reputações só poderia ser comparado... à própria imprensa. Os mais deslumbrados chamavam de "mídia". Não existiam verdades paralelas, sequer existiam mentiras paralelas para contrapor às mentiras e/ou eventuais verdades desse monstro controlador de mentes e almas chamado "imprensa falada, escrita e televisada" ou "mídia". Uma época em que ninguém cogitava que qualquer idiota (também conhecido como "crédulo" "espectador" ou "leitor") teria poder de fogo para contrapor à verdade dos jornais, revistas, rádio e televisão: foi esse monstro, no seu estertor, que me pariu.

Nota. Neste ano, que inauguraria os zero-zero, Mark Zuckerberg não passava de um adolescente superdotado que batia punhetas pra Meg Ryan. E nada mais.

Pois bem. Paulo Coelho e eu. Ele, o dom Juanito das letras desde sempre, e eu a "novidade": o jovem, a lufada de oxigênio, o cara que espanou o poeira das letras brasileiras e escancarou as porteiras de um gênero fora de moda que teve seu auge, aqui no Brasil, nos 70; logo eu, o responsável pelo ressurgimento do conto: lugar onde Borges, Cortázar, João Antônio e tantos outros reinaram, deitaram e rolaram. Logo eu que escrevia contos porque não conseguia escrever um romance. Com um agravante que seria notado somente dez anos depois, e que contaminaria desde a legião de pangarés diluidores de praxe até notórios figurões das artes e do samba: escrevo deliberadamente na primeira pessoa, e assino meu nome embaixo, sem pudores nem disfarces. Eu quero é rosetar! Não fiz essa merda toda por descuido, era minha intenção embaralhar autor e narrador, atingi meu objetivo. Eu mesmo, o Pedro Álvares Cabral da autoficção no Brasil, misturei as coisas e caí na minha própria armadilha, alucinei. *Joana a contragosto* é o ponto alto dessa maluquice; um beijo, Natércia. Um beijo, Natachy, que depois de sete anos iria repetir Natércia bêbada de uísque, mesmo sabendo de todos os riscos que corria, cairia na mesma armadilha e quebraria a minha cara e a própria idem, ibidem: "Não alucina, veinho".

Alucino, sim. E muitas pessoas alucinaram comigo no começo dos zero-zero. Tive o crédito que me foi negado a vida inteira. Lembro da primeira resenha, assinada por Marcelo Coelho na *Folha*, que dizia: "Leia Mirisola". Não obstante, mais marcante do que a primeira notícia sobre este fantasma que vos escreve, foi o comentário do velho sacana: "Quem é essa Leia Mirisola?".

* * *

Não falávamos, fingíamos que não acontecia, deixávamos as coisas se acomodarem por elas mesmas e, no intervalo entre a cusparada e o afago "quem é essa Leia Mirisola?", disfarçávamos o amor e tocávamos nossas vidas aos desencontros, trancos e barrancos. Dezesseis anos depois, à beira da morte, ele voltaria ao assunto. Leia Mirisola sou eu, mas isso não importa. Acabou, passou. Tarde demais.

* * *

2000. No lançamento do *Herói devolvido* vi um casal de lésbicas públicas e assumidas pela primeira vez. Eu, o responsável por espanar a poeira da literatura brasileira, o cara que dava um nó na cabeça dos críticos mais rigorosos, a lufada de oxigênio e o renovador da prosa e o caralha-quatro, fiquei perplexo, chocadíssimo, quase tenho um surto de tanto tesão, alucinei mesmo. Não consegui assimilar duas sapatinhas se beijando na minha frente como se fosse a coisa mais natural do mundo. Eu tinha o espanto — que é o motor de qualquer criação —, mas ao mesmo tempo havia sido ultrapassado pelo tempo, eu me conhecia. Sabia de onde vinha minha "originalidade", mas não podia confessar minha caretice a ninguém, além disso, ostentava inopinadamente um verniz anarco-progressista ("da mesma linhagem de Oswald de Andrade", segundo a chancela de ensaístas respeitadíssimos): quanta bobagem, desinformação e engano; ah, meu Deus, só mesmo o velho, lá nos cafundós das Gerais sabia da mentiralucinação que preguei e a qual até Waly Salomão embarcara de gaiato: "Então você é Mirisola?".

Leia Mirisola. A garota-monstro que foi parida de vários abortos, seus e meus, pai. Que nasceu do ventre mentiroso de Ruína, retirada das profundezas do inferno junto aos diamantes mais raros, puros e traiçoeiros. É a filha da nossa incomunicabilidade que verbalizou ao mundo nossas batalhas e o diálogo surdo que travamos desde que desistimos um do outro até sua morte. Prima dos joscenildos e sobrinha do caçula traidor. Minha redenção segundo a velha cigana da Belfort Roxo, e minha Ruína, segundo dom Juanito, o mago das celebridades.

Enquanto isso, os inimigos arfavam. Impressionante a quantidade de canalhas e vermes que circulam e exercem e/ou maquinam aquilo que os místicos e os humoristas do século passado chamavam "meio literário". A falta de caráter, a dissimulação, a mesquinharia e os interesses escusos, ou seja, o esgoto era condição *sine qua* para circular nesse "meio", com honrosas exceções — três para ser mais preciso. Com certeza não vale a pena me estender sobre o assunto. Mas não resisto a contar uma passagem que ilustra toda a podridão e escrotice do "meio". Aliás, já relatei o ocorrido em "Montevideo — um guia sem lastro"; não vejo problema algum em dar uma turbinada nessa história, ou melhor ainda; vamos dizer que a verdade foi vítima de maus-tratos e que, no frigir da omelete, a submeti a um botox espiritual que lhe garantiu uma aparência de mentira sincera, e agora ela ressurge muito mais falsa, chique e sofisticada. Depois volto à Ruína.

Valham-me Cazuza & John dos Passos. Valham-me Butch Cassidy & Sundance Kid. Valha-me William Burroughs![2]

O gesto de propor amizade — antecipou o feicibuque — antes mesmo de se apresentar, chamou a minha atenção. Ele arfava. Uma carência de alguém que dizia sou especial porque sou esquisito e você também é esquisito: temos algo em comum e eu gosto de você.

---

[2] Não entendo quase nada do que William Burroughs escreve, e sempre achei que esse papo de *cut-up* deu e dará margem a vários caminhões de picaretagem, mas, aqui e agora, como uma forma de homenagear o "meio literário", não consigo pensar em método mais apropriado e conveniente.

Desde os tempos da escola me uni aos frágeis e esquisitos. Eu era o mais esquisito dos frágeis, o mais carente entre os carentes e, antes de conhecer Boca de Siri, tinha certeza de que era o mais filhodaputa dos filhosdasputas. Naquela época ele ainda não usava aparelho nos dentes, e sua arcada dentária lembrava precisamente a boca de um siri. Pensei: Boca de Siri. Simpatizei de imediato. Aquele dia prolongou-se por mais de dez anos. Dei divisa a ele. No começo eu atribuía os lapsos (traições) à esquisitice, achava até que era um charme. Só muito mais tarde — sempre assim —, quando é tarde demais, entendi que a esquisitice e o arfar não eram charme, mas um jogo premeditado, imundo. Que ele me usou como usou André, e como eu mesmo usava as pessoas que mais amei; com inteligência, humor, simpatia e desprezo. Usava e jogava fora.

Tinha o mau hábito de falar com a boca cheia, e eu vi o demônio dançar lambada em suas amídalas misturado com bife, arroz e feijão.

Tudo morto em nome da literatura. A diferença é que ele era apenas um supernerd. Uma imitação que arfava, e as palavras dele, transformadas em espelho fraudulento, reverberaram na Ituzaingo quase 25 de Mayo (passava uns dias em Montevidéu, e relembrava nosso último almoço):

— André provou que era meu melhor amigo — disse, mastigando o bife de boca aberta.

— Como?

— Suicidou-se, e me liberou para escrever minha obra-prima.

Quantas vezes eu mesmo não passei feito um trator por cima de Andrés, Simones, Cintias e Ricardos? Todos suicidados ou processados no moedorzinho de almas, na máquina diabólica que transforma amor em carne de segunda, em eternidade.

O pior não foi ter visto as almas dançarem lambada nas amídalas do demônio-cover que comia de boca aberta, ria ferozmente e falava ao mesmo tempo "suicidou-se, provou que era meu melhor amigo", o pior foi ter visto meu reflexo nele, que comia de boca aberta e arfava ao mesmo tempo, arfava, arfava.

André — depois de morto — provara ser seu amigo. André suicidou-se, segundo meu *golen*, para que ele, o *golen*, pudesse escrever seu grande livro, ah, quantas vezes eu mesmo não ascendi aos céus e não agi e pensei como o matador de suicidas, quantas pessoas amadas eu destruí me iludindo que era o titereiro e o títere delas e de mim mesmo quando não passava do *golen* do *golen* do *golen*?

E foi assim, firmando aliança com Satanás Boca de Siri, no maior escárnio, inocente feito mosca que aceita convite de aranha, que fui incorporado ao "meio literário" e inaugurei de corpo e alma os anos zero-zero. Quanto engano, meu Deus. Quanta mentira.

* * *

Bem, chega de *cut-up*. Volto à Ruína, ou seja, trato de mudar de assunto para falar da mesma coisa.

Contrariando os prognósticos do Mago e da velha Cigana, depois da notícia de que havia voltado para o idiota do controle remoto, Ruína sumiu, escafedeu-se. Resolvi consultar outro oráculo, o feicebuque. E me ocorreu fazer algo que jamais havia me passado pela cabeça, *stalkeei* o maridão de Ruína, o homem do controle remoto:

Deparei com isso: "Atua em casamentos, batizados, bailes de formatura — eternizando seus melhores momentos".

O engraçado é que depois de Ruína ter me contado a história do livro jogado no Tietê, depois de ela ter esculhambado — sim, não há outro termo, "esculhambado" —, a memória do casamento morto e enterrado deles, depois da tentativa de reconciliação fracassada em Lisboa (relatada minuciosamente e com requintes de sarcasmo e crueldade por ela mesma...), depois de ela ter me procurado e ter me aplicado o beijo em queda livre, e antes de a velha cigana de Belfort Roxo ter aberto as cartas e revelado a magia negra feita pelo infeliz para trazê-la de volta, enfim, eu poderia supor que jamais me interessaria por qualquer coisa que viesse da parte de um idiota que se propunha a "guardar seus melhores momentos para a eternidade — em fotos, vídeos e audiobooks". O destino outra vez mancomunado com o acaso a produzir monstros.

Depois da ameaça do Mago — como ia dizendo — botei a paranoia para trabalhar; elaborei centenas de ameaças de chifres vindas dos mais diversos agentes e dos matizes mais improváveis. Incluí no rol de suspeitos desde o evidente e ultra-ululante Linguinha até o Paquito assistente do Mago das Celebridades. Todavia o Zé Ruela não passava de um Zé Ruela, era um vulto, ameaça zero, a improbabilidade das improbabilidades, só viria constar do baralho de madame Jordana quando tudo havia se perdido, porque no meu baralho o idiota do controle remoto jamais representaria qualquer tipo de ameaça. Ledo engano.

Daí que o sumiço de Ruína me conduz ao mundo dos mortos. Estou no mundo dos mortos. No Hades também conhecido como site do fotógrafo Zé Ruela.

Orfeu desce ao inferno por um motivo mais nobre, uma vez que sua Eurídice jamais trapaceou, jamais o traiu com um jeca que se autodenomina "artesão das fotos".

Agora, imaginem uma versão diferente. Orfeu desce ao Hades atrás de sua musa. Não acha ninguém, volta para o mundo dos vivos e escreve dois livros desesperados que, do começo ao fim, apenas vociferam o amor por Eurídice. Mas nada de a amada voltar, nenhuma notícia de Eurídice; as únicas coisas que tem são as lembranças de um beijo que o precipitou até os quintos doo infernoo e as especulações vindas de dois oráculos conflitantes que oscilam entre Eurídice biscate e Eurídice amor de várias vidas pretéritas e futuras acima do bem e do mal, porém Eurídice não dá sinal de vida. Orfeu está quase maluco a ponto de *stalkear* o feicebuque da amada, e é exatamente isso o que ele faz. Então ele topa com um link que o leva ao site do Zé Ruela. Depois de um longo inverno de brumas e silêncio encontra a musa supracitada no site do idiota vendendo cogumelos do sol como se nada tivesse acontecido.

Eurídice na vitrine do Zé Ruela que "faz" casamentos, bailes de debutantes, cobre eventos em geral e festas a fantasia; pois bem, o estúdio do "artesão das fotos" que se localiza na aprazível cidade de Guarulhos, além de guardar seus melhores momentos para a eternidade, também "aceita encomenda de doces e salgados — trabalhamos cardápio natural e vegetariano". O site é diversificado. E sua Eurídice faz parte do cardápio.

Eis que surge Natasha fotografada na pele de Maria Madalena, porque o cara também faz "fotos artísticas". A breguice arde, salta aos olhos como um carnegão de pus espremido sem dó nem piedade. Foi para a Maria Madalena de churrascaria que Orfeu escreveu dois livros, sobrevoou abismos tonitruantes e se arrebentou inteiro, desceu ao Hades e voltou sem metade da alma. Como se não bastasse, o garoto-propaganda do site (que bordejava ao lado da Madalena de churrascaria) era nada mais, nada menos que Danilo Gentili[3] — porque o "artesão das fotos" também fo-

---

[3] Danilo Gentili é apresentador de televisão e o sonho de consumo

tografa celebridades e o Danilão é mó filé para chamar a clientela.

O fotógrafo até pode ser brega, picareta e ter o talento de um tamanduá-bandeira, mas de trouxa, ele, logo ele que está comendo minha Eurídice, não tem porra nenhuma. Os dois vivem um amor de churrascaria de luxo *by* Chitãozinho & Xororó, desfrutam "momentos eternizados de felicidade" dentro do maldito feicebuque. Só pode ser macumba.

A velha cigana acertou no alvo. Orfeu passou os maiores perrengues nos mundos inferiores, enfrentou criaturas monstruosas, teve a manha de enrolar Caronte e tirar um bilhete de ida e volta, adormeceu Cérbero, o cão de três cabeças, encantou Perséfone com a pureza de sua lira e a força do seu amor, e finalmente resgatou ou tentou resgatar sua amada do mundo dos mortos. O fato de ele ter dado uma vacilada na hora de sair do buraco quente, e de ter se fodido de verde e amarelo é irrelevante perto do que aconteceu comigo. Orfeu perderia sua musa temporariamente, logo a morte corrigiria tudo. Eurídice nunca traiu Orfeu, e o herói mitológico jamais conjecturaria que ela, justamente sua Eurídice, podia ser a *hostess* do Hades.

O figurino de Maria Madalena emprestado de uma amiga que trabalha na TV Record, que mico, meu Deus. Natasha canastríssima no site do imbecil, que a expunha na seção "fotos artísticas". O "portfólio" recheado de celebridades do mundo sertanejo universitário. O artesão das fotos deu um jeito de encaixar a mulherzinha nesse inferno. Que agora é meu inferno também! Como se rasgasse as páginas

do "portfólio" de qualquer fotógrafo brega comedor de musas que atua em "casamentos, festas e bufês — atende Guarulhos e região".

que ela mesmo havia me inspirado a escrever, não podia ser minha Eurídice que se prestava a tamanho vexame. E pela interpretação de Maria Madalena arrependida, ela devia estar acreditando piamente naquela fuleiragem da mesma forma que me procurou porque acreditou nos meus livros, que decepção.

Um golpe que me atingira no âmago. Um lugar sagrado onde Ruína pairava acima do bem e do mal, um lugar onde os maiores vacilos eram perdoados, onde os defeitos e traições se transformavam em virtudes, onde as carniças e a morte exalavam sândalo e jasmim. Um lugar até então indevassável, somente meu e de minha Eurídice. Ela me atingiu no ego. E o ego é o âmago. O ego é o coração do escritor.

Natasha/Ruína tinha apetite para devorar o Hades! No entanto, o que eu via no site do fotógrafo era o contrário do nosso amor canibal, eu via Ruína/Natasha não somente me traindo, mas traindo a si mesma; *hostess* do site-Hades-sertanejo, ela rastejava para satisfazer os apetites de um imbecil, chafurdava numa breguice estúpida que outrora me encantou porque era fantasia e não a verdade nua e crua cuspida no meu focinho. A incauta jogou no lixo aquilo que Yo & Pepito designávamos "*mas allá*". Era muito Hades para pouco Orfeu, de modo que acusei o golpe:

— Como, Pepito? Como é que a mulher que chamou mamãe recém-enterrada de carniça, e que me calou e me tragou junto com a fumaça de seu cigarro e fez de gato e sapato o tempo e o espaço ao reduzi-los a uma espera que obedece apenas à sua vontade, portanto uma espera eterna, como é que essa baixinha filha da puta que fode feito um buldogue furioso e me domina além do sexo e do bem e do mal, como é que essa mulher pôde ser domesticada por um Zé Ruela que "cobre eventos, festas, bufês e casamentos"?

— El manita de las fotos — ressaltou Pepito, com esgares malignos.

Porra, é muita sacanagem. *El manita*! O cara se autodenomina "o artesão das fotos". Independentemente de ser magia negra, destino ou acaso, senti, pela primeira vez, Ruína subtraída e distanciada de mim, corria o risco de nem a morte dar um jeito no estrago feito pelo Zé Ruela ladrão e "eternizador" de momentos felizes. Ruína assassinava meu sonho de Orfeu e, mesmo assim, eu recusava terminantemente a ideia de que nosso amor — depois daquela exposição de breguice galopante — pertencia ao mundo dos mortos.

21

Quero falar de Joana — a namorada que atendeu o interfone naquela tarde fatal: "tem alguém aí embaixo querendo falar contigo".

Joana acreditava que eu era um cara legal, confiava em mim.

O autoflagelo foi uma das alternativas para tirar Ruína da cabeça. Quanto mais me castigava mais leve me sentia. Depois que a *mardita* me abandonou passei a me interessar por mulheres dominadoras e agressivas. Através da violência dessas mulheres eu reproduzia a felicidade e o sofrimento passados ao lado de Ruína; era mais do que uma fantasia, era um drible cego na realidade — um jeito de tê-la por perto, de não perdê-la. A diferença é que eu pagava essas mulheres para que me aplicassem uma espécie de castigo que incluía a dor física necessariamente como praxe e, depois, os castigos morais e a culpa que me alimentavam e faziam com que eu continuasse tocando meu barquinho; era como se a carne castigada substituísse o amor não realizado. Um mecanismo psicológico até certo ponto rudimentar. Se funcionou ao longo de dois milênios com o cristianismo, por que não funcionaria comigo?

Indo contra a minha natureza — avaliei: — eu poderia, ao menos, me distrair com um contraponto, e tentar alguma coisa que me aproximasse de Ruína, tanto melhor se "alguma coisa" me aviltasse e fosse o contrário de mim.

No começo até que consegui me enganar, rendeu duas ou três costelas quebradas e o cumprimento de uns fetichezinhos, depois virou hobby, passatempo, rotina. Até que perdeu a graça. O teatrinho, os códigos e as regras que envolviam o mundo sadomasoquista eram um placebo tão inócuo ou até mais careta do que os conselhos do feiticeiro-CBF. Além de tudo, a palhaçada custava um dinheirão. Quanto mais envelhecemos mais difícil satisfazer a nós mesmos. Não faz diferença se o infeliz frequenta masmorras sadomasoquistas, se ele é um aplicado nautimodelista ou sócio-torcedor da Ponte Preta de Campinas. Não existe truque nem Harley Davidson que nos engane, a menos que sejamos escolhidos pela obsessão ou pela fé. Foi mais ou menos o que aconteceu comigo, graças a Deus e a Ruína.

Apesar de tudo, digamos que ganhei ou incorporei um chip ao meu desiludido repertório, o chip do autoflagelo, vá lá, um registro para qualquer emergência ou eventualidade, uma chance a menos de sair sozinho de uma festa triste ou algo que o valha.

Assim conheci Joana.

A primeira promessa de obsessão não teatral. Como se pudesse me pacificar no autoflagelo acompanhado de alguém que — em tese, e sem afetações — queria sinceramente, e não mediante paga, as mesmas coisas que eu desejava. Estabelecemos um jogo de reconhecimento, e discrição — que é o contrário do exibicionismo sadomasoquista, diga-se de passagem. Tanto Joana como eu — acredito — tínhamos o mesmo objetivo.

No começo, na incerteza, tanto da parte dela como de minha parte, ambos jogávamos com iscas. Pequenas gestos ou palavras perdidas (e nada inocentes) inseridos dentro de um contexto que permitia ao "adversário" identificar o caçador e/ou a presa, dependendo do gosto de cada um. Joana jogou suas iscas, e eu me deixei fisgar com muita satisfação — e vice-versa. Independentemente das taras e gostos correspondentes, nosso começo foi maravilhoso. Joana foi a primeira mulher, aliás, que — de imediato — não permitiu que eu identificasse nela um traço de Ruína, não tão evidente. Como se Ruína atuasse num subplano, quase esquecida de me assombrar — aparentemente tudo era muito diferente nas duas. Essa distância — embora eu não pensasse nisso — é que me deixava mais feliz e realizado ao lado de Joana. Nas outras duas ex-namoradas, a presença ou "o traço" de Ruína eram ostensivos, claroevidentes e escancarados. Tanto que elas mesmas acabaram percebendo isso e, no fim das contas, acusaram a presença de Ruína como se fosse uma rival, e era, era muito mais que uma rival, Ruína.

Um exemplo que me ocorre agora. O sotaque que as periferias de São Paulo — o mesmo sotaque de Ruína — adotaram (imagino que sim) para fazer um contraponto ao "erre" estalado na ponta da língua, aquele famoso "erre" radiofônico-samba-canção provavelmente adquirido pelas classes médias urbanas nos anos 40 e 50 do século passado. Leia-se meus pais, tios, avós, primas e primos, classe média paulistana morta, obesa e enterrada.

Pois bem, esse sotaque "mano" de periferia — que eu abomino e que tanto me atrai em Ruína — um tom meio caipira que aparece sem as verminoses e a preguiça "do jeca", um grito, digamos, arrogante-acaipirado repleto de agressividade e gírias tumultuadas, "tá ligado, mano?" usado por manos e minas da periferia para marcar território, o mesmo sotaque que, em resumo, é usado para pichar os muros da cidade, era, enfim, desse jeito que Ruína "dava a letra" e me hipnotizava. Juliana, a ex anterior a Joana, se comunicava assim também, enfim, talvez tenha sido esse traço, inconscientemente "copiado" de Ruína, que fez com que eu me apaixonasse equivocadamente por ela, Juliana.

Joana não. Para começo de conversa, Joana era gaúcha de vastas planícies e milongas atemporais — segundo minha idealização, claro. Tudo era imprevisível, épico e novo. E eu — óbvio — idealizava demais as planícies grandiloquentes, as terras sem fim de Joana; ela era minha casa das sete mulheres numa só mulher. Isso tudo mais as promessas cumpridas do repertório S&M a que referi no começo desse capítulo. Até que virou hobby, passatempo, rotina. Até que Joana acabou se revelando exatamente o oposto da Joana que tanto idealizei (?), ela era aquilo que o Mago adivinhou em suas elucubrações e ameaças, Joana realmente não guardava nenhum traço, semelhança alguma que a aproximasse de Ruína, nem de longe, muito menos de perto: alta, loira, elegante, discreta e sofisticada. Depois de tantos anos, eu "tinha em casa uma mulher maravilhosa", inteira, completa, de fé, que sempre me esperaria, valha-me Vinicius!, com os braços abertos "cheios de amor e perdão". Joana acabou se revelando a mais dócil das criaturas apaixonadas. Assim eu não queria, eu queria Ruína?

Pela primeira vez fiquei em dúvida. Depois da exposição de breguice e entrega galopantes no site do "artesão das fotos", avaliei que insistir nesse querer significava sem sombra de qualquer dúvida ir além das minhas forças e sobretudo ir além do meu ego.

Diga lá, Orfeu, se você fosse um trouxa e estivesse no meu lugar, o que faria?

22

Umas trezentas pessoas devem ter entrado e evidentemente saído dos quarenta metros quadrados onde eu morava em meados dos anos zero-zero. Numa só noite. Tô falando do lançamento de *Notas da arrebentação*. Autografei o livro na quitinete da Praça Roosevelt — a quitinete de marfim, onde repousei meu esqueleto por mais ou menos sete anos.

Depois de uma vida inteira sendo humilhado e tratado feito um bosta virei uma espécie de celebridade da Praça Roosevelt & arrabaldes, leia-se rei do cult-udigrudi, terror da classe média, oráculo da desconstrução, *mezzo* Peppino di Capri, *mezzo* Hunter Thompson; eu, logo eu.

Curioso como sempre vivi ou sobrevivi nas franjas dos extremos, ah, como são pesados os extremos e as franjas que me desfiaram. Mas, apesar dos pesares, eu levava aquilo sem sobressaltos; achava mesmo que era merecedor de toda e qualquer puxação de saco, e aceitava de muito bom grado elogios vindos de quem quer que fosse. Até que a coisa chegou num ponto de falsidade e dissimulação que não satisfazia sequer meu autoengano, de modo que passei a reagir com violência diante de manifestações ostensivamente picaretas. A partir desse ponto resolvi estabelecer uma graduação ou escala para aceitar e assimilar as puxações de saco. Para puxar o meu tinha que ter estilo. Ou humildade. Muita humildade. Às vezes, diante da singeleza e do objetivo do puxa-saco (uma foto, um abraço... teve um que me apresentou ao irmão "adevogado") eu chegava a ter compaixão, e ia além: me sentia um sujeito bacana ao acolher a puxação de saco do puxa-saco, da família dele e até dos agregados (tenho fotos para comprovar).

No fundo, não apenas confundia compaixão e generosidade com humilhação e servilismo, mas gostava de ter meu saco puxado, precisava disso. Eu me acostumei a ser tratado como um gênio, e não aceitava nada abaixo dessa "categoria".

Carência, insegurança e infantilidade? Claro que sim, normal. Qualquer um no meu lugar talvez tivesse sido bem menos escroto, mas talvez não tivesse o auxílio de um gênio capaz de estabelecer uma graduação e reconhecer a farsa em escalas, como se ela, a farsa, fosse regente da sinfonia de um ego — meu ego aparentemente — fora da própria órbita e em expansão, expandindo...

No começo, um gênio excêntrico, depois o bom louquinho, depois o maluco ensandecido, arrogante e prepotente, depois o mauricinho filho de mamãe que morava numa quitinete de marfim e que não reconhecia a realidade dos pobres e oprimidos da periferia e, por fim, o proscrito.

Vamos fingir que ele não existe. Ainda assim conservava alguns amigos que inopinadamente me davam corda e, na base da farra, alimentavam a sinfonia do meu ego inflado e paranoico. Menos Boca de Siri, a intenção dele era diferente, nefasta. Mas deixa pra lá, melhor conservar as saudades, os boquetes e os bons momentos do que as mágoas e a decepção.

Falando nisso, os joscenildos iam crescendo — digamos — impunemente. E eu, aos 34, 35 anos, tinha os primeiros contatos com mulheres que não cobravam por sexo (à vista, não) e, assim, da noite para o dia, comecei a escrever crônicas e finalmente consegui ser remunerado pelo meu trabalho, além de dar entrevistas ensandecidas para rádios, jornais, revistas e tevê, virei lenda na Praça Roosevelt. A bola da vez que achava que estava com a bola toda.

Quem lê este livro desavisadamente pode até confundir este narrador (que sou eu mesmo) com um jogador de futebol, um funkeiro, um youtuber de 14 anos de idade, uma puta internacional ou algo que o valha, mas não é nada disso. Apenas um escritor brasileiro que teve seu ego inflado por um período de tempo curtíssimo, e que retribuiu com migalhas as migalhas que lhe foram oferecidas, ou seja, estamos falando da historinha de uma diarreia, sintam-se em casa.

Uma diarreia que fingia que tinha um ego para não morrer de fome, esquecimento e solidão. Todavia o pressuposto para fingir é acreditar, ou pelo menos acreditar que finge que acredita. É assim que a coisa funciona até hoje. E era assim, ainda que dentro de um círculo limitadíssimo de pessoas e interesses, era assim que a música tocava em meados dos zero-zero, tempos de magia propiciatória e final de ciclo histórico a.Z. (antes de Zuckerberg).

A primeira que apareceu na quitinete de marfim e confirmou a troca de migalhas foi uma garota nariguda incensada como a grande revelação literária da temporada, a Bukowski de saias. Era madrugada. Elas sempre apareciam de madrugada. E eu sempre dormi cedo, e não costumava trocar minhas noites de sono por nada neste mundo, muito menos assuntos relacionados à vaidade alheia — afinal bastava a minha própria que precisava de descanso e esquecimento. Abri a porta entorpecido pelo sono, ato contínuo Bukowski arrancou as saias, a blusa e mostrou os piercings que recém-havia colocado nos mamilões. Elogiei-a, e elogiei os piercings e os mamilões com educação e sobriedade, e indiquei a ela e aos respectivos mamilões o caminho do sofá:

— Lindas tetas, parabéns. Tenha uma boa noite.

Poupei-a e me poupei de maiores constrangimentos. Mesmo assim, ela conseguiu me subtrair uma resenha e uma quarta capa onde eu apontava seus erros e a diagnosticava como uma garota esperta, nariguda, portadora de um par de tetas suculentas cujas maiores virtudes eram o marketing pessoal e o histrionismo. Não demorou muito para que a Bukowski de saias abandonasse a "literatura" e confirmasse meu diagnóstico: virou vocalista de uma bandinha de rock e depois feminista radical que fez uma revisão igualmente radical em sua "obra" — quando teve a brilhante ideia de suprimir de seus diários manifestações de personagens machistas & escrotos como *yo*, que prefeririam dormir a chupar piercings de mamilões marqueteiros e oportunistas.

Seguiam-se as madrugadas entorpecidas e os alegres dias egoicos dos zero-zero.

À época a ex-Bukowski de saias, ex-vocalista de uma bandinha de rock e ex-próxima conveniência a ser descartada, mantinha um blogue com fundo de oncinha, e a reboque vinha um japonês. Toda sexta-feira, religiosa e anonimamente, o japonês depositava quinhentos reais debaixo do capacho de sua casinha de bonecas — segundo relato da própria. Blogues não mais existem. Não quero nem imaginar o fim que teve esse japonês e jamais me impressionei com mentiras piores que as minhas, mas é bom deixar o registro. Também perdi a conta dos candidatos(as) a escritores e escritoras que cruzaram (ou que quiseram literalmente "cruzar" meu caminho). Teve um que decepou o mindinho para usar na capa do livro, ah, meu Deus, quantos mindinhos desperdiçados, quantos equívocos. Depois apareceu um tonto que se dependurava em ganchos e foi casado com um marinheiro sueco que se autocastrou numa feira de *pets* alternativa em Amsterdã ou na puta que o pariu, teve a garota que se trancou num aquário dentro de uma livraria e recebeu a visita de Rubem Fonseca, que a alimentou com o leite azedo de suas tetas murchas e envelhecidas. A mulher-rã amasiada com a cobra albina (ou seria o contrário?), e assim por diante, até chegarmos no mendigo do feicebuque curado pela poesia que recusava furiosamente o epíteto de novo Bukowski porque a moda do momento era ser Lima Barreto e desfilar a revolta nacionalista na Flip. E tantos, tantos outros que apareceram e desapareceram, apareceram e desapareceram.

E tinha este que habitava a quitinete de marfim e que dormia cedo, e que se apaixonou por Luana II, que evidentemente apareceu depois de Luana I, a garota do guarda--chuva de bolinhas coloridas. Conheci Luana I no falecido Orkut. Como não podia deixar de ser combinamos de nos encontrar na Mercearia São Pedro. Bar frequentado por decepados, cobras albinas, feministas radicais e nem tão radicais assim, chupadores de pica, mulheres-rãs e uma fauna imensa e variada de sanguessugas de todos os calibres e arrebites.

Nota. Boca de Siri evitava a Mercearia São Pedro.

Achei que Luana I ia dar o cano. Um rosto lindo, dentes brancos e grandes. Dentes de cavalo que tanto aprecio nas mulheres, também tinha as gengivas largas e escuras dos meus sonhos. Toda uma catedral de luxúria e lubricidade sorrindo para mim, e o prenúncio do beijo. Eu só queria beijar o sorriso de Luana I. Havia me aboletado no canto do bar, imaginei que a muvuca podia atrapalhar nosso primeiro encontro. Mas não teve jeito. Tive de me entregar à muvuca, eu era "a muvuca" afinal de contas — assim que as candidatas e os candidatos a escritores me identificavam. Então mergulhei em mim mesmo no meio do nada, digo, pleonasmo, digo, no meio da muvuca; mas cadê a cinderela? Só podia ser *fake*, pensei, coisa de algum decepado para me zoar. Olhava por cima do chifre de gnomos e unicórnios, e nada. Eis que sinto um puxão na barra da camisa. Dois puxões. Uma criança-viada pedindo esmolas? Dou um tapa automático na mãozinha que puxa a barra da minha camisa pela terceira vez, ela insiste. Até que ouço uma voz fininha de desenho animado vinda lá de baixo:

— Oi, Marcelo!

O mesmo rosto do Orkut, os dentes de cavalo e um sorriso lindo de gengivas largas e escuras. Mais um guarda-chuva de bolinhas coloridas. Luana I, um metro e trinta e dois centímetros. Gamei. Não precisei usar nem um décimo do meu repertório de faroeste. Tão logo aquele sorrisinho lindo de dentes de cavalo e gengivas escuras beijaria minha boca de esgoto. O perfume de fêmea que brotava do bucetão de Luana I: a super-anã do Orkut quase fez o motorista do táxi errar o alvo e acertar o muro do Araçá; nesse momento as redundâncias se entorpeciam de si mesmas e giravam em torno de um mesmo diapasão que era o odor-em-ebulição que brotava do sexo de Luana I, uma catinga sobrenatural que impregnava as alamedas, travessas, praças, ruas e caminhos e que, por fim, nos levou às dependências do edifício Maria Luiza, desde o térreo até o 11, que era o andar dela.

Caí de boca, depois de calcorrear a periferia de Shambala e vasculhar o interior da retroxota de Agartha, adentrei no reino sagrado de Shangri-lá. Não me recordo de nada que tenha me levado a uma experiência sensorial remotamente parecida, nenhuma mulher foi tão fêmea e me aproximou da ancestralidade e foi — e me fez tão mamífero — quanto Luana I, 1,32 m de buceta em carne viva, carnívora. Os sofás, os eletrodomésticos e os cactos da área de serviço, e os móveis e imóveis e até a memória difusa que embaralha ficção e realidade, tudo era a buceta de Luana I; como se o antes, o durante e o depois e o tempo que originava os buracos negros e era devorado pelos mesmos, como se não apenas a catinga mas o calor emanado de Luana remetesse à selva primordial e ao sexo dos animais, eu havia caído de boca em nada mais, nada menos que o sumário.

A mulher-buceta.

Até que um belo dia nos dissemos tchau. Da última vez que nos vimos guardo a imagem de Luana I encolhida em si mesma; quase desaparecia no ponto de táxi, os pezinhos balançavam mais ou menos a um metro do solo, abraçava o guarda-chuva de bolinhas coloridas, e chorava.

* * *

Luana II. Loira, um metro e setenta. Mulheraço. A primeira, depois de uma década de mulheres-espelhos que fizeram somente refletir o sujeito sem dinheiro, feio e descalibrado que me olhava do outro lado, e dizia "não tem tu, vai tu mesmo".

Padrões são uma merda, e podem ser modificados ao longo do tempo, mudam, oquei, mas estar fora deles é aquilo que o exclui e o condena aqui e agora, portanto é condição, não é escolha. O padrão escolhido por Luana II evidentemente não condizia com a realidade e a "verdade" das coisas, o padrão dela — avaliei erroneamente — era o escritor bola da vez, eu mesmo. Digamos que realizamos uma troca desonesta porém dentro dos desajustes estabelecidos. Em princípio, sim. Mais da minha parte que não acreditava que uma gata daquelas podia ser minha namorada, do que da parte dela, que acariciava os lóbulos da minha orelha a caminho do aeroporto; ela no banco de trás do táxi dependurada no meu pescoço, e eu no banco da frente falando merda para o taxista. Como se fosse rotina ir pro aeroporto com uma gata daquelas dependurada no cangote. Era a primeira viagem de avião de Luana II, que completou 18 anos um dia antes de embarcamos para Recife. Um dia depois eu estaria completamente apaixonado. Dois dias depois ela ia me pedir trinta dinheiros para comprar a pílula do dia seguinte, e logo em seguida me daria um pé na bunda alegando acertadamente que eu não havia me apaixonado por ela, mas por uma ficção chamada meu umbigo. Do alto dos seus 18 anos recém-completados enxergava longe; avaliou que, entre outras incapacidades, eu não tinha a capacidade de olhar para outro lugar que não fosse o buraco que me refletia, onde eu fingia que era um cara legal. Nesse buraco — segundo Luana II — eu podia acreditar em qualquer coisa, inclusive que estava apaixonado por uma loura burra, infantil e gostosa:

— Nem seu umbigo é humano — ela disse.

Para confirmar o diagnóstico de Luana II, dei os trinta reais que ela me pediu e mais trinta, e recomendei que usasse o troco para comprar um ursinho de pelúcia.

* * *

Luana II foi uma ilha de inteligência, discernimento, beleza e lucidez cercada de mistificação, horror, traição, logro e morte por todos os lados. Incrível que somente hoje, depois de quase quinze anos, eu tenha conseguido entender o recado daquela garota. Qualquer merda que eu fizesse na época era motivo de celebração e aplauso, aliás — já falei —, esse era o esporte preferido de Boca de Siri. Sempre ao meu lado, me festejando como se ele fosse o abismo e eu a queda irrevogável. Quantas vezes, todas as vezes, ele me encorajou e disse: "vai". Eu ia. Ia e quebrava a cara. Tudo o que eu queria e precisava era de um abismo que me dissesse: "vai".

Abismo atrai queda e queda atrai abismo, acho que Nietzsche escreveu algo parecido. Pois bem, às vezes acontecia de os papéis se inverterem e, assim, sem qualquer deliberação prévia, eu fazia o papel do abismo, e dizia às pessoas que me pediam socorro "vai lá, vai se foder". Todavia, diferentemente de Boca de Siri, nunca tive vocação para ser abismo, sempre fui queda. Ou seja, quando dizia "vai lá, vai se foder", eu acabava indo junto. O nome disso é culpa.

Culpa e falta de preparo para o mal. Não, nunca fui um cara bonzinho, apenas despreparado para o mal. Nessa condição virei oráculo. Eu, logo eu.

* * *

A propósito.

Ela apareceu na quitinete completamente desorientada. Havia passado a noite com um traficante que a estuprou no auge da fissura do pó. Naqueles dias havia abortado o filho por conta da surra que levou do cafetão por quem era apaixonada. Um ano antes passava protetor solar nas costas do namorado surfista que pegava onda no Guarujá. Pai dentista, mãe dona de casa, morava em Santos, no Canal 5, perto do Gonzaga. Esqueceu o protetor solar na areia da praia, abandonou o surfista e os demais protetores, pai, mãe, vida de classe média e futuro garantido, subiu a serra e estreou como atriz na minha peça. Lembro do abraço forte, e do desespero. Do desespero dela e do meu, que simplesmente não sabia como reagir quando ela me disse que sua vida estava em minhas mãos, que eu era o único cara em quem ela podia confiar, seu porto seguro. Eu, o oráculo. Ofereci uma toalha felpuda, e a cama para ela passar a noite. Enquanto você toma um banho, desço e compro alguma coisa pra gente comer, já volto. O que mais, além do banho quente, da toalha felpuda, da cama e do bife à parmegiana que comprei pra ela, o que mais podia ter feito?

Muito mais. Era véspera de feriado, eu ia viajar no dia seguinte. Ela queria ir comigo, eu disse não. Não a levei porque achei que ia dar muito trabalho explicar para o velho sacana e para os joscenildos que eu era — também — um autor de teatro, e que aquela garota linda porém zoada era atriz da minha peça, e que o ar da Canastra, e um pouco da ilusão da simplicidade em que viviam, podia salvar a vida dela. Não a levei porque tive receio da avaliação dos joscenildos, fiquei com vergonha da "vida de artista" que eu levava (até hoje não me sinto confortável), vergonha de comunicar ao velho e aos joscenildos que eu, logo eu, era o oráculo e a única esperança daquela garota. Não a levei porque fui um cagão. E ela morreu no Domingo de Páscoa.

.

23

Até que a mulher-umbigo aparece na vida do monstro, e diz que não precisa camisinha, goza dentro, vamos encher essa casa de debeizinhos iguais a você. Então o monstro goza lá dentro e deposita toda a sua carência, estupidez, covardia, vista para o mar, solidão, e todas as culpas e sua vida de merda dentro de um abismo que fala o que ele quer ouvir; não bastasse atender ao pedido "vamos encher essa casa de debeizinhos", o monstro vai além: acredita nela porque até aquele momento teve apenas os refugos, os cadáveres e as ruínas a lhe darem crédito. E Ruína percebe que o monstro acusou o golpe, e tripudia: diz que a futura enteadinha-satanás vai ter de aprender a dormir no sofá-cama, e o monstro se apaixona. Da paixão para a alucinação — como diria Cintia-pistache — "dois palitos"; portanto você, monstro, alucina, dá um pé na bunda da namorada de fé e substitui a imagem da mãe no caixão coberta de flores amarelas por uma foda de seis anos passados e vislumbra clareiras onde devia identificar um fosso escuro cheio de merda, não satisfeito beija a boca do fosso-penumbra e realiza uma permuta abominável que vai além da própria alucinação, uma permuta que lhe proporciona uma sensação de paz e felicidade que dura o tempo do beijo maldito que é miasma, queda, e é infinito também. O infinito — aliás — pode ser o barulho da mijadinha seguido do lembrete da pílula do dia seguinte. Idiota, você, monstro, confunde morte com poesia, acredita que, finalmente, depois de décadas, está dividindo alguma coisa em sua vida com alguém que não é o seu maldito umbigo-ego-monstro desumano; não interessa que seja uma mijadinha prosaica de uma garota ou o aborto no dia seguinte, você vai lá e dá trinta dinheiros e mais trinta dinheiros para a garota que lhe devolve um "obrigada, tio"; a pílula é baratinha e logo ao lado da farmácia tem uma loja de conveniências; em poucos minutos a garota vai comprar uma Smirnoff Ice com o troco dos trinta dinheiros mais trinta e entornará a pílula como se engolisse você, o dia seguinte e um ursinho de pelúcia juntos. A garota que, no frigir da omelete, apenas dava mais um "trepadinha-kkkkk" e tirava uma onda de sua cara flácida e esfacelada de vampiro Grecin 2000 ultrapassado, careta, perdido no tempo e no espaço, trouxa, decadente, cabaço, pelancudo, autorzinho de uma dúzia de livros que agoniza no feicebuque: você, sua porra e sua Criação: "Isso tudo e merda é a mesma coisa", né, pai? O mundo que criaste à sua imagem e semelhança é um aborto que não interessa a mais ninguém. E a garota-kkkkk e o velho e o caçula e os joscenildos e joscenildas continuam reproduzindo joscenildos e joscivaldos e sempre estiveram certos, e hão de julgá-lo, amaldiçoá-lo e condená-lo até o final dos tempos. Mas você insiste e alucina porque a outra garota-kkkkk ligou perguntando se você havia chegado bem em casa e você releva o fato de a filhadaputa ter chamado sua mãe recém-enterrada de carniça, e avalia que, apesar de ela ter passado a noite dando o rabo pro monge do hotel fazenda, está tudo bem, existe algo entre vocês que transcende os controles remotos, os vacilos e as traições porque, além da bucetinha que é sua-casa-sua-vida, ela tem um lindo sorriso que o faz esquecer das mentiras mais cabeludas que você deliberadamente engoliu porque o seu objetivo, afinal de contas, é ser fumado, tragado e fodido por esses abomináveis kkkkk, o que você quer mesmo é se apaixonar pela mijadinha antes da pílula do dia seguinte e pelo dia seguinte também, ela é a sua Ruína, e você é o aborto dela, ela é a mulher que esteve e estará presente em todas as mulheres mortas que passaram e passarão por sua vida, ou seja, você se rende a si mesmo e à ideia de que é manipulado pelo acaso. Sabe o acaso, Pepito?

— El acaso soy jo, Pepito!
— Una dose mas allá, maestro!
— No capricho!
— Sí, sí. Whisky para el monstro!

24

Quem manipula, destrói, corrompe e cria? Quem é manipulado, destruído, corrompido e se alimenta das carniças das mamães? Hein, Pepito?

25

Escrever é espanto. E espanto é sinônimo de ignorância e selvageria, espanto é o sentimento que inaugura todos os outros, é o homem pela primeira vez diante do conhecimento e condenado à morte, espantar-se é apontar o dedo para a realidade absurda que nos envolve, e a literatura é a forma pela qual aprendi a praticar o espanto, podia ter comprado uma arma e resolvido as coisas com mais praticidade e eficiência, mas, como sou covarde, escrevo livros. E às vezes surpreendentemente consigo revirar o grotesco da existência pelo avesso e consigo usurpar a realidade na mesma proporção que ela me violenta e me dá uma identidade; não me poupo de usar tanto as melhores virtudes quanto meus defeitos mais escrotos e transformá-los em instrumentos de trabalho, escrever é não fazer diferença entre amor e ódio. Quase sempre basta ser honesto e verdadeiro consigo mesmo e não se omitir diante daquilo que tem necessidade e premência de ser escrito, escrever é não fugir das palavras e vencer qualquer tipo de pudor, mas convém também dar uma fraudada na geleia moral, senão a coisa descamba para a beatitude, para o marketing pessoal e para a escrita automática. Voltemos ao espanto. Eu falava do espanto, mas devia falar também de um sentimento chamado fúria, quando este senhor, o espanto, e esta senhora, dona fúria, se enlaçavam, céu e inferno eram uma coisa só.

Até mais ou menos o final dos anos zero-zero, eu pensava e reagia com fúria diante da realidade, fúria, espanto e indignação — quase me esqueço da indignação. Mas ela é meio óbvia, como todas as consequências das cagadas que praticamos na vida.

* * *

Ontem à noite, subindo a Augusta, depois de encher a cara no bar do Mário, cometi a cagada de enviar um SMS para Ruína, e descobri que havia me transformado num fantasma. O ímpeto do espanto e a imposição da morte viraram uma coisa só, céu e inferno também, mas sob outra perspectiva. O espanto se transformou em cansaço e tristeza, entendi que estava morto ou na hora de morrer. Constatei a decrepitude depois de esbarrar violentamente num casalzinho de jovens zumbis virando à esquerda, na Frei Caneca, nem preciso dizer que a colisão foi premeditada. Em vez de me reprimir, as bichinhas me pediram desculpas por terem sido, digamos, "esbarradas" por mim, mais um pouco e elas me agradeceriam pelo abalroamento. Então caiu a ficha. Tudo o que sacrifiquei em nome da literatura, todos os assassinatos e fraudes cometidos se voltavam contra mim, e cobravam com indiferença o preço da fúria investida ao longo dos anos. Ou seja, eu não tive como responder ao aqui e agora: como se a fúria e o espanto não me servissem para mais nada, como se tivesse perdido os alvos e, finalmente, perdido a comunicação com a realidade.

Mandei a seguinte mensagem através do SMS: "Tô bêbado. Continuo caindo daquele maldito beijo que vc me deu na Roosevelt. E vc? Tá feliz ao lado do Zé Ruela?".

Claro e evidente que não obtive resposta. Nem para me mandar tomar no cu. Nada. Sei lá, eu penso que qualquer mulher defenderia seu homem em circunstância semelhante, mas se o fulano é um Zé Ruela, e ela é a pilha alcalina do controle remoto do Zé Ruela, vai responder o quê? Calou e consentiu. Nem ao sobrenatural, que a enfeitou de flores amarelas e a coroou como rainha das minhas pretéritas e futuras desgraças e felicidades, ela deu uma satisfação. Eu lamento por dom Juanito, o mago das celebridades, mas sobretudo lamento por madame Jordana, o silêncio de Natasha conseguiu apagar o brilho falso nos olhinhos da velha cigana de Belfort Roxo, meu Deus, isso não se faz.

Uma taça azul, duas rosas amarelas — recomendou a velha cigana. Sete gotas de alfazema e açúcar, três pais-nossos, três ave-marias. Uma rosa ofereça para Oxum e outra para Iemanjá.

Depois de três dias as rosas murcharam e as formigas tomaram conta da nossa história, rebulida numa taça azul. Nada de SMS. Três meses se passaram e eu continuei perdido e destoado de um mundo que não correspondia mais à violência nem ao amor doentio que outrora subsidiara minha obsessão; o monstro transformou-se num senhor de meia-idade solitário à espera de uma idiota. Só isso. Nem a comprovação da ruína nem a promessa da felicidade, e é a esse limbo que meus dezoito livros e cinquenta anos de vida se resumem. Maldita literatura que me trouxe até aqui.

Portanto, tudo o que me foi tirado, desde meu Fusca 81 até a fé que igualmente perdi nos cães, absolutamente tudo, inclua-se profissão, saúde, os filhos que não tive e as poucas coisas que acreditei que eram minhas (inclua-se "tudo" nessas poucas coisas), absolutamente tudo o que perdi me foi tirado pela literatura, inclusive a própria literatura. Se tem algo que me deixa ainda mais descrente do futuro são os garotos e garotas que — ainda hoje! — me solicitam como se eu pudesse ser um oráculo para eles. Isso não deu certo uma vez, e nunca vai funcionar. Eles querem o abismo e a queda pela queda, como se a vertigem fosse a próxima fase de um videogame. Acontece que perdi a força para cair, a gravidade desistiu de mim, aquele maldito beijo cuja queda me consome até agora é o quarto escuro de um filho morto. Ela não voltou. Além disso, existe um mundo babaca do qual não faço mais parte, então eu digo para os candidatos à vertigem: procurem as oficinas, workshops, profissionais especializados no ramo & mendigos curados pela poesia que atendem no feicebuque e nas Casas do Saber, procurem Paraty, a Casa das Rosas e a Casa do Caralho; façam amizades e influenciem pessoas, puxem o saco, troquem por sexo, vendam a alma, mas não me procurem, nada mais tenho a lhes oferecer, nunca tive. Literatura é prejuízo. Tudo o que eu tinha de humano, tudo o que eu tinha de integridade e o melhor de mim, foi tudo levado pela lama da literatura.

26

Família. O traço caseiro, insuspeitas semelhanças. Três beijinhos, cafonice. O corpo mignon em forma de pera, tetas caídas e os respectivos mamilões-açaí, calvice & mega-hair. Mamãe. Natasha/Ruína.

Juliana tinha um pouco da cafonice de Natasha e o desvario de mamãe declarados à flor da pele, sobretudo quando me tratava feito um débil mental (eu gostava disso). Juliana era uma fratura exposta. Aproveitei a evidente fragilidade e o estado de penúria sentimental e financeira em que vivia e lhe ofereci o Rio de Janeiro e uma linda vista para o Aterro do Flamengo, ela aceitou. E casamos no verão de 2014. Pela primeira vez, depois de 47 anos, tive uma mulher dentro de casa. Em números absolutos isso quer dizer mais ou menos o seguinte: 24 horas de horror e desespero intercalados com o dia seguinte, que era o desdobramento dessas horas de desespero e horror multiplicados por dois, e assim um dia depois do outro, até o dia que infartei.

Mas havia os dias de trégua graças às internações no Pinel. Ou seja, até passar o efeito cavalar dos tranquilizantes e Juliana voltar a pleno vapor, eu ganhava alguns momentos de paz. Uma paz amaldiçoada, mas paz. Nesse incríveis intervalos, o íncubo-abantesma de Ruína aparecia, me aplicava três beijinhos bregas e convidava para dar uma volta:

— A gente está no Rio, amoooor!!! — (sotaque mano de Itaquera).

Nos meus delírios de paz e amor, percorríamos todos os lugares-comuns e pontos turísticos cariocas de mãos dadas, item por item. Até no samba *for export* do Beco do Rato a levei. Não muito longe dali a famosa e internacional Augusto Severo.

Como toda dona de casa, Ruína tinha seus fetichezinhos cinquenta tons de cinza. Adorava travecos. Eu fazia esse mimo para ela e a aprisionava no reflexo dos espelhos, uma forma de realizar o fetiche e traí-la ao mesmo tempo. Bem, antes de prosseguir gostaria de esclarecer que foi um golpe de sorte. O talento ajudou um pouco. Mas agora não vem ao caso detalhar como é que as coisas aconteceram, vale que a aprisionei no espelho do Hotel Alameda. Consegui um alvará da Walt Disney Inc. que me permitia refleti-la desde que eu fizesse as vontades dela.

Aos mimos, portanto.

Ruína cavalgava, depois empinava a bunda, frango assado, o traveco atochando joscenildos e joscielles no rabo dela. Eu que sangrava, mas foda-se. O vodum de merda subia e embaçava os espelhos do Alameda, na Cândido Mendes. O alvará também liberava o reflexo (falso) de mamãe-Pietá: Ruína no colo do traveco dobrada feito um Cristo depois de ser fodido e enrabado, e eu mamando nas tetas de macho de Madonna — o traveco que ela havia escolhido na Augusto Severo, "gostei desse amooor".

Em princípio o velho Chitãozinho encheu o saco ao reclamar da viagem, do preço dos pedágios e dos buracos na estrada, depois relaxou e se adaptou ao reflexo dos espelhos. Marrom embalava joscenildo VI recém-parido, e se contorcia de ciúme e contrariedade; primeiro disse que não ia suportar aquilo, depois me acusou de ser um monstro, em seguida praguejou dizendo que eu nunca amaria ninguém na porra da minha vida e, por fim, ameaçou entregar-me para o caçula. Marrom ouvira o galo cantar e não sabia onde, sempre assim. A situação era totalmente inversa! O caçula se esgueirava atrás da cortina desbotada da suíte número 7. Ora, Marrom, larga de ser burro! O caçula que era o rato e fazia qualquer negócio para não ser descoberto, não eu! Eu estava lá, me arreganhando pros espelhos, porra! O caçula, por sua vez, cumpria o papel de rato que lhe cabia, saía do esconderijo para subtrair alguma coisa do frigobar, mas eu adivinhava os movimentos dele: o ruído da punhetinha que tocava para o produto do roubo destoava do ruído da punhetinha que ele, rato, batia para Madonna — que enrabava papai. Pobre Madonna, o único inocente da história. Acho que Joscielle (exigi que mudasse de nome, portanto Madonna virou Joscielle) desconfiou que alguma coisa maléfica podia acontecer na suíte número 7 do Alameda. Vacilo meu. Que em vez de me concentrar na uretra do papai, olhava o espelho por cima dos ombros de Joscielle/Madonna à procura de Ruína:

— Tá tudo bem aí atrás do espelho, amooor?

Só podia estar tudo ótimo. Pois ela siriricava loucamente. Nesse momento desgrudei da pica do velho, e o abandonei para o usofruto exclusivo de Joscielle, a ex-Madonna que o enrabava e — imagino — pressentia a merda que aconteceria logo em seguida. Então me aproximei do espelho, olhei dentro dos olhos de Ruína, e ordenei: "Olha no fundo dos meus olhos, guarda a imagem e aceita o fosso, conta até sete e cai".

— Y ella dijo, maestro?

— Sim, claro que sim.

Ruína sabia que atingiria a cifra mágica antes mesmo de chegar ao final da contagem. Aprisionada para toda a eternidade no lado negro do espelho, meu reflexo. Às vezes também acontecia de eu me vir refletido no espelho, porém sozinho, sempre sozinho.

— La belle de jour — acrescentou Pepito.

Eu mesma. Naquela tarde, depois de ter arrancado a teta de Madonna pela tampa, o reflexo do espelho piscou para mim, beijou o próprio ombro três vezes, deu uma risadinha sarcástica, e disse: "Ruína, sua Ruína, meu amooooor" — (sotaque mano de Itaquera).

* * *

Juliana formou-se em pedagogia e trabalha com crianças excepcionais, quem diria, aquela pirada virou monitora de cercadinhos. Se deu bem no Rio de Janeiro. Logo ela, a cuidar dos maluquinhos que tanto cobicei em tempos idos. Eu voltei para São Paulo, tive meu segundo infarto em paz e adentrei numa fase negra novinha em folha. Novas divisas. Agora, além de escritor de feicebuque, cardiopata e psicopata chupador de caralho de travecos, e refém e reflexo de Ruína atrás dos espelhos; subia e descia a rua Augusta e não me conformava com os casais de viadinhos que desfilavam suas frescuras alegremente sem que ninguém os esbarrasse, desse um corretivo e/ou lhes negasse a felicidade. Eu é que não ia dar vida fácil pros putinhos!

Daí que tive três opções. Ou chamava um táxi. Ou comprava uma arma. Ou escrevia esse livro escroto. Realizei as três. Continuo reclamando moral e bons costumes nas viagens de táxi e nunca fui contrariado. Também comprei uma escopeta calibre 12, e espero inutilmente Ruína voltar enquanto dou cabo desse livro escroto.

27

Sobrevoava o Atlântico no dia que ele foi enterrado. A viagem estava marcada havia três meses. Depois de quase vinte anos de publicação, desde o dia em que "Leia Mirisola" deu o ar da graça, enfim, depois de vários anos de boicote no Brasil, tive um singelo reconhecimento em Portugal. Admitir a morte de um sujeito que, na maior parte do tempo, era mais meu filho que meu pai, é a mesma coisa que dizer que ele não existiu e que nós não nos conhecemos. A mesma coisa que admitir que, além de orfão, também estou morto. Não tem cabimento. Ou todos estamos vivos ou morremos todos. A morte pela morte é um estado de exclusão desprezível. Uma ilusão somente comparável ao absurdo que é viver para morrer.

— Se a vida é uma ilusão como diz Calderón de la Barca, a morte também pode ser uma trapaça, penso eu.

— Por supuesto!

Eis que quarenta dias depois de seu Zé, a morte levaria mamãe. Outra trapaça, só que dessa vez com o agravante da traição. A morte do velho que agonizara por seis meses era mais do que esperada. De certo modo, foi bom para ele e para todos. Mas perder mamãe de um dia para o outro, depois de tantos anos de desacordos e mal-entendidos, depois da nossa reconciliação e da redescoberta do amor; depois de finalmente termos conseguido estabelecer contato e comunicação, ah, meu Deus... que sacanagem! Tudo o que procurei a vida inteira e não consegui ter com mulher alguma — nem com Freud! —, consegui com mamãe no final de sua vida. Havíamos finalmente estabelecido contato! Mas infelizmente a perdi no meio de uma confusão tenebrosa. Enfim, ter perdido mamãe nas circunstâncias em que nos perdemos, bem, considero essa a mais calhorda das traições. O golpe mais baixo do acaso — outra vez o acaso, reprodutor de monstros e enganos, destino escroto da porra.

De Lisboa fui direto para Curitiba. Um grupo de teatro local encenaria pela primeira vez *Paisagem em Campos do Jordão*, peça que escrevi a quatro mãos com Nilo de Oliveira, irrepreensível e genial Nilo, irmão que conheci na rua, e que passou a representar o contrário do que o caçula e sua prole de joscenildos e joscevaldos iriam, depois de toda uma vida e duas semanas frenéticas, representar para mim.

No final dos anos 90 mamãe perdeu o apartamento no bingo. Não tinha como pagar aluguel em São Paulo. Aí resolveu ir para os cafundós das Minas Gerais, foi morar na mesma cidadezinha miserável onde o caçula e o velho maluco haviam se enterrado, e reinavam há 25 anos. Orneia não.

Chegando a Curitiba tive a notícia de que as coisas não iam nada bem pro lado de mamãe. Passara a madrugada no posto de saúde. Imediatamente entrei em contato com Joscenildo I, o primeiro buzinaço, o varão festejado em todos os grotões e zonas do meretrício, a luz negra da Boate Azul, ele que morava no mesmo quarteirão da avó, e que me disse o seguinte pelo feicebuque: "Tá preocupado? Vem você mesmo cuidar dela".

De Lisboa para São Paulo são 7.947 km. De São Paulo para Curitiba ida e volta mais 800 km. De São Paulo até Piumhi-MG mais 700 km: uma noite e mais meio dia de ônibus. De Piumhi, com sorte, embarca-se no ônibus que sai às 15 horas em direção a Canastra, mais 40 km. Caso não ocorra nenhum imprevisto — que geralmente ocorre — chega-se naquele cu de mundo ao anoitecer.

Joscenildo I, primogênito da ninhada de filhos da puta, que moravam no mesmo quarteirão, a menos de cinquenta metros da casa da avó, cumpriu o que prometera pelo feicebuque: "foda-se a velha". Nem ele, nem Joscenildo II, nem Joscenildo III, nem Joscenildo IV, nenhum filho da flor-da-noite da Boate Azul, nenhum filho da puta apareceu para saber o que se passava com a avó. O caçula havia iniciado uma campanha feroz contra mamãe desde o falecimento do velho, decerto envenenou a prole — é a única explicação que tenho — depois que mamãe lhe disse que os 25 anos de carta branca dados a ele e a Joscielle haviam sido enterrados junto com o pai, *c'est fini*.

O sangramento se devia a falta de calibragem do vasodilatador. Se interrompesse a medicação uma trombose certamente entupiria suas artérias, e o infarto viria na sequência. No entanto, se mantivesse a dosagem corria o risco de se afogar no próprio sangue. Encontrei mamãe largada à própria sorte, fazia quinze dias que nenhum filhodaputa dava as caras, a abandonaram. Mamãe havia se cansado dos palpites dos médicos que ora aumentavam, ora diminuíam a dosagem do vasodilatador. Aguentara até a noite passada quando, vomitando sangue pelo nariz, ligou para um caçula contrariado que a levou ao posto de saúde. Improvisaram uma cauterização.

— O tempo todo encostado na parede. Depois me deixou aqui, não disse uma palavra. Mas está tudo bem.

Tudo péssimo, pior impossível. No dia seguinte o caçula deu o ar de sua gracinha, armado.

A pedido de mamãe, e mesmo que ela não tivesse pedido, consegui pular o muro e me escondi no capinzal do terreno vizinho do açougue, grudado no muro de casa. Ouvia a gritaria do irmão mais novo que promovia uma caçada, eu e mamãe éramos suas presas. Aos berros a ameaçava e me acusava de manipulá-la. Cadê aquela bosta? Eu não sou ladrão!

— Eu não sou ladrão! Eu não sou ladrão! Eu não sou ladrão!

Do capinzal vizinho eu ouvia cada maldição que ele jogou contra mim e contra ela. Tive de me conter. Afundava as mãos no solo e arrancava torrões de terra e ervas daninhas. O caçula anunciava um fratricídio caso eu me atrevesse a cruzar novamente seu caminho sertanejo. Pedi a Nossa Senhora que me transformasse num tubérculo, eu precisava de raízes e frieza. Precisava de ervas daninhas. Se eu desgrudasse dali ia dar merda. Bem, creio que, por instantes, a Virgem de Luján me atendeu. Então, como por milagre, me veio à lembrança o corno da *Praça da Alegria*, aquele que proclamava a fidelidade da mulher no mesmo instante em que ela o traía a olhos vistos diante da plateia, que morria de rir. Passou a raiva. Em vez de me emputecer, eu ria baixinho da situação em que havia me metido. Há uma semana era tratado como um príncipe em Lisboa, e agora mastigava terra e mato para não matar o escroto do caçula que massacrava mamãe.

Descontraí. E pensava comigo mesmo enquanto fazia terra de chiclete: em vez de corno, ladrão. Uma caricatura de ladrão, mas ladrão. Vai lá saber se não é corno também?

— Eu não sou ladrão! Eu não sou ladrão! Eu não sou ladrão!

"O 'piscológico' dele é bem fraquinho" — como diria outro personagem da *Praça da Alegria*. A partir do show patético de negação/afirmação, o caldo entornou. Uma vez que, depois de esganar mamãe e jogá-la contra a parede, decretou a *fatwa* sertaneja:

— Se aquele viadofilhodaputa aparecer na minha frente, pode avisar ele, é um viado morto.

Minha cabeça foi colocada a prêmio. E de certo modo a cabeça de mamãe também. Não somente o caçula, mas a tropa de joscenildos e joscivaldos e a jagunçada local, todos queriam nossos escalpos.

— E eu lá no terreno baldio, Pepito, esperando o chilique do ladrãozinho passar.

— Muy bien, maestro!

Havíamos pedido uma prestação de contas a ele. Uma singela prestação de contas, nada demais. Apenas uma rotineira prestação de contas.

Imagino, todavia, que o termo "carta branca" tenha colocado em xeque os 25 anos de fraudes, trapaças, vida boa, parasitismo e transmigração de posse & picas (vide capítulo 3).

Além disso, para que não pairassem quaisquer dúvidas com relação ao seu caráter, macheza e autoridade, o caçula meteu dois balaços no portão. Na verdade, o portão baleado refletia a consciência do "bom-moço" que há tempos havia sido subtraída pela maluquice do velho tarado pela nora. Um buraco de bala em homenagem à pica que ele usava mas que não era dele. A outra bala deixava a marca do "papai gelol", patrono da festa do Peão, homem ilibado e ladrão honesto acima de qualquer suspeita.

— A "tar da piscologia" dele, Pepito, era bem fraquinha mesmo, entrou em parafuso.

— El maestro es sarnoso!

— Sarnoso? Yo?... Deixa pra lá, Pepito, traz mais uma dose.

Claro, óbvio e ululante que era ladrão. Mais otário do que ladrão, ladrão que rouba a própria família é rato, não passa de rato. E se eu vacilasse, além de ladrãozinho em crise de consciência e rato, ele ia se transformar num fratricida e matricida de uma só vez. Eu também podia virar um assassino, tinha essa possibilidade. Era a chance que ele procurava de lavar em sangue sua honra de chanchada sertaneja. Só que com o meu sangue não, gavião, as lágrimas de Nossa Senhora de Luján têm força!

— O clima não está bom pra gente — disse mamãe, meio que tirando sarro.

— Acho que não, *mamma mia*. Não vai ornear.

— Orneia não — respondeu mamãe rindo, e cuspindo sangue.

Naquela noite demos o pinote. Toninho da Dengue, que não ia com a cara do caçula e testemunhara a baixaria do outro lado da rua, nos ofereceu uma carona até Piumhi. Embarcamos no ônibus das 23 horas. Viagem difícil, quase doze horas trancados num ônibus com o ar-condicionado quebrado. Mamãe chegou muito debilitada em São Paulo.

Em seu primeiro dia na cidade me fez um pedido aparentemente banal. Um café expresso. Dezesseis anos purgando a peruagem no cu do mundo, dezesseis anos sem uma gota de expresso. Tenho a impressão de que infligira o purgatório a si mesma. A necessidade de economizar não era algo tão premente que a privasse, entre outras coisas, de um café expresso. Antes do desentendimento, ou seja, ao longo dos últimos dezesseis anos, quando as aparências além de enganar proporcionavam uma rotina tranquila, não era incomum ela, o caçula e o velho irem a Piumhi para fazer compras. Uma cidadezinha pequena, mas com alguns confortos, digamos assim, "confortos de cidade grande" — o café expresso incluído. Mas secretamente ela se privava desse prazer como se fosse uma penitência. E o sacrifício tão óbvio deve ter passado despercebido para o caçula e o velho xarope, que desfilavam suas cavalgaduras e machezas pela cidadezinha de merda (com alguns confortos de cidade grande), e jamais conjecturariam em oferecer um café expresso a mamãe, portanto foda-se. Tá preocupado? Vem você mesmo cuidar dela.

— Há séculos não tomava um expresso. Obrigada, meu filho.

Os olhinhos que brilharam como os de uma criança que estreava seu brinquedo de Natal, um café expresso. A singeleza do agradecimento. E sobretudo a distância que existia entre aquela senhorinha e a mãe autoritária da infância, adolescência e grande parte da vida adulta, enfim, era essa a mãe que o caçula abominava e queria eliminar de sua vida, porque o filhodaputa — depois de tantos anos e chances desperdiçadas — só conhecia a visão que lhe interessava:

— Que é isso, *mamma mia*? Vamos encher a cara de expresso todos os dias!

Depois de dezesseis anos de exílio e purgatório no fim do mundo, mamãe finalmente conseguiu voltar a São Paulo. Estava exausta, porém feliz e cheia de planos; louca para encontrar as amigas e comer uma feijoada no Bolinha. Ela deve ter tomado mais uns cinco ou seis expressos antes de ser fulminada por um infarto na cidade onde cresceu, casou com o velho maluco e teve dois filhos, eu e o mais velho. O caçula perdera a alma e deixara de existir um segundo depois da morte de Chitãozinho-pai — no exato momento em que começou a prestar contas a si mesmo. Mamãe adorava São Paulo.

28

O padre falou algo sobre um ciclo que se encerrava. Para o caçula, acho que o tal ciclo havia não somente se encerrado mas engolido ele junto, nem ele e nenhum dos joscenildos apareceram na missa de sétimo dia. No enterro surpreendentemente o infeliz deu as caras, mais fantasma que mamãe, daquele jeito mesquinho que o caracterizava: se esgueirando o quanto podia. Em momento algum aproximou-se do caixão. Culpa é uma merda.

Ela sorriria para ele como sorriu para mim, coberta de flores amarelas.

O padre não tinha a informação de que o velho morrera há quarenta dias, e que eu sairia da missa da mesma forma que saí do cemitério, sozinho, ele não sabia de nada e devia repetir o argumento dos ciclos que se encerravam nas demais missas de sétimo dia. O problema nem era sair de cemitérios e igrejas perdido, sozinho e desarvorado, o problema era sair de um ciclo e entrar no outro. O padre não sabia nada das minhas obsessões. Não podia adivinhar que eu — apesar dos pesares — ainda esperava Ruína voltar.

Não sei por quê, mas associei o final dos ciclos do discurso do padre à lembrança do brilho falso nos olhinhos da velha cigana e, sobretudo, a uma parte da profecia do Mago que eu — agora — julgava ter avaliado meio nas coxas, quando ele reafirmava que Ruína ia voltar:

— Tenha fé. Tenha fé que ela virá.

As pessoas ingenuamente associam o sentimento da fé ao bem. Acontece que fé não tem ideologia, a fé não é exclusividade da Igreja Católica, nem dos seus santos, nem dos seus mártires, a fé é vira-lata. É de quem tem. Como se o Mago dissesse, "você precisa ter fé, tenha fé no mal".

— Ela volta. É o que você quer, é o que deseja? Tem certeza?

— Sim.

— Então ela volta para acabar contigo.

Avaliei a sentença com esperança e entusiasmo, podia ser uma coisa positiva ela voltar para acabar comigo, logo eu que pensava que não sobrara mais nada de mim depois de ter perdido mamãe quando finalmente havíamos nos encontrado, depois de ter sido expulso do mundo real e de ter sido excluído da minha própria solidão. Intrigante que ainda restava alguma coisa minha para ser aniquilada. E o mais espantoso é que — depois e apesar de tudo — continuamos tendo força e fé e desejamos a salvação com o mesmo fervor com que desejamos a ruína, ou como se a ruína fosse o único caminho para a salvação, ou como se ruína e salvação fossem uma coisa só. Que volte, ora bolas. Não importa de que forma, nem quando, nem como e nem onde. Viva ou morta, será recebida de braços abertos, e chegará tarde demais.

SOBRE O AUTOR

Marcelo Mirisola nasceu em São Paulo, em 1966. Publicou os livros *Fátima fez os pés para mostrar na choperia* (contos, 1998), pela Estação Liberdade; *O herói devolvido* (contos, 2000), *O azul do filho morto* (romance, 2002), *Bangalô* (romance, 2003), *Notas da arrebentação* (2005), *Memórias da sauna finlandesa* (contos, 2009), *Hosana na sarjeta* (romance, 2014) e *A vida não tem cura* (romance, 2016), pela Editora 34; *O banquete* (com Caco Galhardo, 2005), pela Barracuda; *Joana a contragosto* (romance, 2005), *O homem da quitinete de marfim* (crônicas, 2007) e *Animais em extinção* (romance, 2008), pela Record; *Proibidão* (2008), pela Demônio Negro; *Charque* (romance, 2011) e *Teco, o garoto que não fazia aniversário* (com Furio Lonza), pela Barcarolla; *O Cristo empalado* (2013) e *Paisagem sem reboco* (2015), pela Oito e Meio. Em 2016 os romances *O azul do filho morto* e *Bangalô* foram publicados em Portugal pela editora Cotovia.

Este livro foi composto em Minion
pela Bracher & Malta, com CTP da
New Print e impressão da Graphium
em papel Pólen Soft 80 g/m^2 da Cia.
Suzano de Papel e Celulose para a
Editora 34, em novembro de 2017.